LAETITIA BERGERS ▪ GEORGES HUGET ▪ ISABELLE HUGET

TAM TAM 3

Le français en 3e année

Manuel de textes

de boeck

Collection **Tam Tam**

De la 3e à la 6e primaire

Un manuel de textes
Un cahier d'activités
Un guide d'enseignement avec documents reproductibles

Par cycle

Une banque d'activités basées sur la construction des compétences du français.

Les auteurs

Georges HUGET
Instituteur, diplômé de l'École Supérieure de Pédagogie de Bruxelles, Directeur honoraire d'école fondamentale.

Laetitia BERGERS
Institutrice primaire, licenciée en Sciences Politiques et Sociales, Conseillère pédagogique, Membre du jury des Évaluations externes.

Isabelle HUGET
Institutrice primaire, diplômée de l'Ecole Supérieure de Pédagogie de Bruxelles, Membre du jury des Évaluations externes.

Le présent ouvrage tient compte des simplifications orthographiques proposées par le Conseil Supérieur de la langue française et approuvées par l'Académie française en 1991.

Illustrations, photos, mise en pages : L'idée d'en Face • jf.huget@skynet.be

Pour toute information sur notre fonds, consultez notre site web : **www.education.deboeck.com**

Imprimé en Belgique

Dépôt légal : 2006/0074/100

ISBN 2-8041-5089-5
ISBN13 978-2-8041-5089-1

TAM TAM

Bonjour !

Explorons ensemble la langue française. Tu trouveras dans ce livre des textes et des activités regroupés par thèmes.

Chaque thème te mettra sur la voie de découvertes à vivre seul et à partager en groupe. Tu les enrichiras de tout ce que tu sais déjà, et de tout ce que tu pourras trouver à d'autres sources : les livres, les jeux, les journaux et revues…

Trois rubriques complètent ces découvertes : *Boite à astuces* organise tes compétences, *Le savais-tu ?* complète l'information et *Clin d'œil* te fera rire ou sourire.

La boite à astuces

Le savais-tu ?

Clin d'œil

Observe bien les consignes. Elles te diront si le travail est à réaliser seul(e) ou en équipe. Si le verbe est à la deuxième personne du singulier (tu), c'est à toi qu'on parle. S'il est à la deuxième personne du pluriel (vous), c'est avec tes amis et amies que tu dois travailler.

Sommaire

Entre amis

THÈME 1

S'intéresser à la question

Fais ton autoportrait

Tu dois prévoir :

- un miroir de 15X11 cm
- des marqueurs
- une feuille de format A4
- des crayons de couleur

1. Regarde-toi attentivement dans le miroir. Observe la couleur, les reflets de tes cheveux, la forme de ta bouche, de ton nez… Découvre dans ton visage ce que tu aimes et ce qui te plait moins. Essaie de sourire.
2. Prends un marqueur de couleur foncée et contourne ton visage directement sur le miroir. Fais de même pour tes yeux, ton nez, ta bouche, tes oreilles.
3. Recopie à présent sur une feuille l'image de ton visage qui se reflète dans le miroir. Utilise tes crayons de couleur pour donner de la vie à ton portrait.
4. Affiche ton dessin sur un grand panneau qui réunira l'ensemble des portraits de la classe.

D'après G. CASTERMAN, *Copains gribouill'arts*, La Ligue des Familles.

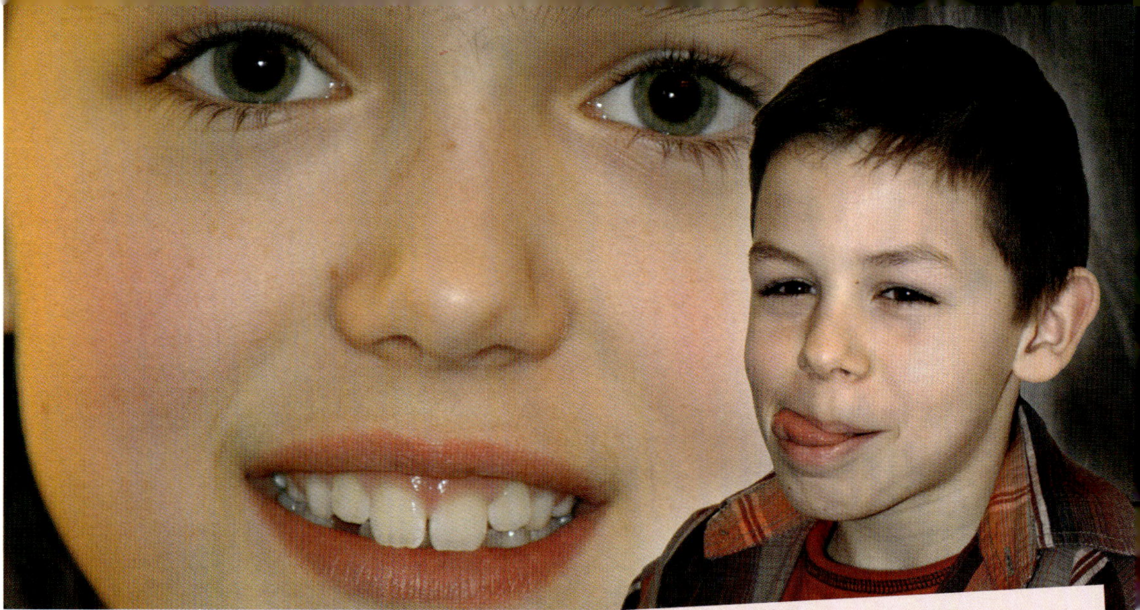

Réfléchis

a) Ce qui permet de nous identifier c'est ....

b) Nous sommes tous semblables car ....

c) Ce que j'aime dans un visage c'est ....

d) Un portait robot n'est pas un visage car ....

Identifie des portraits

La classe essaiera d'identifier chaque portrait et d'indiquer en dessous le prénom et le nom de l'amie ou l'ami représenté.

Utilise la formule suivante :

« Je reconnais .... parce que .... »

Joue au portrait

Sélectionne en pensée un(e) camarade de classe. Les joueurs doivent essayer de découvrir qui tu as choisi en posant des questions portant sur la taille, la silhouette, le vêtement, la couleur des cheveux, la coiffure, la forme du visage, la couleur des yeux, ...

Tu ne répondras que par oui ou non.

Exemples de questions :

« Ton ami, a-t-il des cheveux bruns ? »,
« Porte-t-il un pantalon rouge ? » , ...

Pour faire un portrait poétique

La boite à astuces

Voici le poème que Leila, un enfant de ton âge, a offert à son papa pour la fête des pères.

Avec toi, c'est la ballade des gens heureux
Pour toi, tout est or et argent
L'océan de tes yeux éloigne toutes mes peurs
La tempête peut gronder, tu me protèges
Avec et pour moi
mon papa, c'est toi!

Leila

Pour réaliser un poème, elle a suivi une méthode toute simple qui comprend deux étapes.

1. TROUVER LES INGRÉDIENTS POÉTIQUES

Leila n'a pas voulu faire un portrait photographique de son papa mais un portrait par comparaisons. Elle s'est posé une série de questions :

Que serait papa…

- s'il était une chanson?
- s'il était un bijou?
- s'il était un regard?
- s'il était un océan?
- s'il était un arbre?

Et sa réponse était, suivant son imagination et sa sensibilité,

Ce serait la ballade des gens heureux
J'y voguerais sans peur
Il serait d'or et d'argent
Son feuillage me protègerait de toutes les tempêtes
Ses yeux seraient d'un bleu profond

Les ingrédients du poème étaient trouvés.

2. METTRE EN FORME

Leila a utilisé ces images pour faire son poème.

Découvre

- comment elle en a fait un vrai portrait
- quelles améliorations elle a apportées au texte
- comment elle a disposé les mots

TU PEUX EN FAIRE AUTANT

a. Songe à la personne aimée dont tu voudrais faire le portrait
b. Imagine une série de comparaisons. Si elle était… une BD, un jeu, une fleur, un aliment, un monument, une musique… ?
c. Crée le poème : transforme, précise, ajoute, corrige, …
d. Dispose-le avec art sur une feuille
e. Offre-le à l'intéressé(e)

1. La description d'un personnage

TEXTE DESCRIPTIF

1.1. Découvre Monsieur Pierre

Découvre le livre ! Recherche le maximum d'indices pour repérer de qui on parle.
À ton avis, que va-t-il se passer ?

Voici ci-dessous un extrait de ce livre, prépare-toi à la lecture : comment vas-tu t'y prendre pour le lire ? Que vas-tu découvrir ?

On l'appelait Monsieur Pierre. Il était plutôt grand, châtain, coiffé en hérisson, les yeux marron et verts, et portait des lunettes. Il avait tous les jours une barbe de deux jours (on se demandait même comment il pouvait faire pour l'*entretenir* dans cet état qui pour une barbe, devrait être un état *provisoire*) et ses vêtements, quels qu'ils fussent, paraissaient toujours à la veille de tomber *en lambeaux*.

Il avait quarante ans, était célibataire et habitait là-haut, boulevard de Port-Royal.

Il ne hantait la rue Broca que pour venir à la buvette, mais il y venait souvent, et à toute heure du jour. Ses goûts, d'ailleurs, étaient modestes: il semblait se nourrir principalement de biscuits et de chocolat, aussi de fruits lorsqu'il y en avait, le tout accompagné de force cafés-crème ou de thé à la menthe.

Quand on lui demandait ce qu'il faisait, il répondait qu'il était écrivain. Comme ses bouquins ne se voyaient nulle part, et surtout pas chez les libraires, cette réponse ne satisfaisait personne, et la population de la rue Broca se demanda longtemps de quoi il pouvait vivre.

Quand je dis la population, je veux dire les adultes. Les enfants, eux, ne se demandaient rien, car ils avaient tout de suite compris : monsieur Pierre cachait son jeu, ce n'était pas un homme comme les autres, c'était en vérité une vieille sorcière !

PIERRE GRIPARI, *La sorcière de la rue Mouffetard et autres contes de la rue Broca*, Éd. Gallimard Jeunesse, 1997.

À quoi ressemble Monsieur Pierre ?

Qui est-il ?

Des mots expliqués

Entretenir : soigner

Provisoire : transitoire, momentané

En lambeaux : en morceaux

a) Qu'as-tu appris dans ce texte ?
b) Reprends les éléments du texte qui décrivent monsieur Pierre. « De lui, on sait que …. »
c) Compare ce que tu as lu et les indices que tu avais relevés dans l'illustration du livre.
d) À ton avis, que va-t-il se passer maintenant ? Imagine la suite de l'histoire.

1.2. Découvre Charles

Observe cet extrait de texte. De qui parle-t-on ?

Charles a un prénom de vieux, une tête de vieux, des habits de vieux. Mais c'est pas un vieux. C'est un type de ma classe. Il est toujours assis devant moi. Je connais ses oreilles par cœur, ses grandes oreilles décollées, et son gros dos voûté et ses cheveux coupés tellement court qu'on le croirait chauve.

Ici, personne ne lui adresse la parole.
Sauf pour lui demander une gomme, un crayon, une feuille, des *bonbecs*, un résultat de division, 2 euros, l'heure, n'importe quoi.

Qui est Charles ?

Lui ou lui?

Vincent CUVELLIER, *Tu parles, Charles,* Éd. Du Rouergue, 2004.

Un mot expliqué
Bonbecs : bonbons au réglisse

1.3. À toi de décrire

Dans les textes précédents, tu auras découvert Monsieur Pierre et Charles grâce aux textes descriptifs. À toi, maintenant de décrire un personnage de ton choix…

Choisis ton personnage et crée sa description.

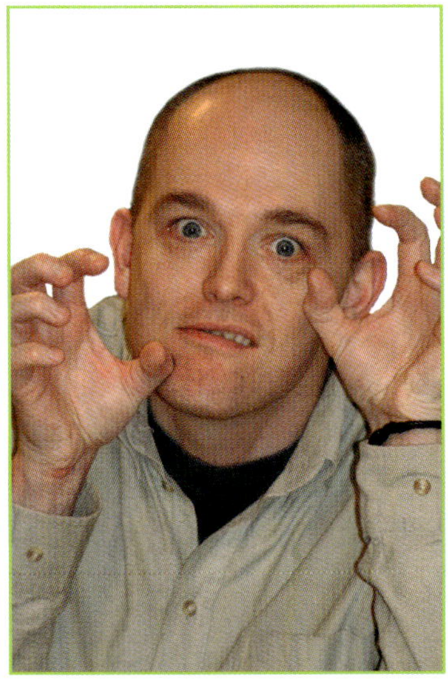

Pour décrire un personnage

La boite à astuces

Pour t'y aider, tu peux décrire les aspects suivants :

- *son apparence :*
  - allure générale : *jeune, vieux, petit, grand, beau, laid, …*
  - traits particuliers : *cheveux, visage, nez, yeux, bouche, …*
- *son caractère : méchant, triste, timide, gai, tendu, cruel, tendre, …*
- *ses vêtements : pantalon, jupe, chemise, robe, …*
- *ses accessoires : chapeau, lunettes, bijoux, …*

2. Un récit d'ailleurs

TEXTE DESCRIPTIF

2.1. Découvre le texte

Voici le début d'un très beau livre qui te fera découvrir la vie de Juan dans les montagnes du Guatemala. Il aime San Pablo, comme toi sans doute, tu aimes ta ville.

Je m'appelle Juan et j'habite au Guatemala, dans les montagnes. Non loin de trois immenses volcans, il y a ma ville, San Pablo. Elle est entourée de hautes falaises et de collines couvertes de champs très verts où on fait pousser du maïs et des oignons, et où des baies de café rouges fleurissent à l'ombre des grands arbres de la vallée.

Dans ma ville, il y a beaucoup de fleurs et d'oiseaux - des aigles, des loriots, des hiboux, des colibris, et des perroquets sauvages qui plongent subitement du haut des arbres pour voler notre blé et qui ne parlent d'autre langue que la leur.

San Pablo est située au bord d'un grand lac entouré de sept autres villes. On utilise surtout le ferry ou des canoës pour aller d'une ville à l'autre. Il y a une route aussi, mais elle n'est pas bonne.

Je n'ai jamais été dans les autres villes.

Je ne connais que San Pablo.

A. CAMERON, *Le plus bel endroit du monde*, L'école des loisirs, 1990.

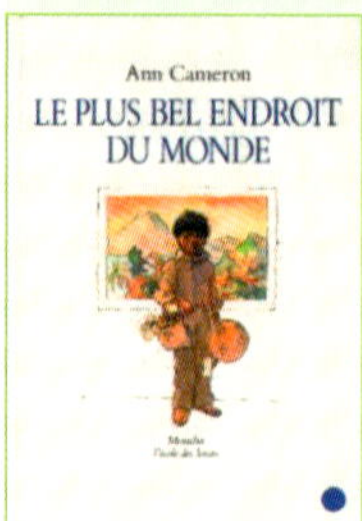

Juan connaîtra la vie pauvre et difficile des gens de son pays. Mais il découvrira aussi que le plus beau de tous les pays est celui où l'on est aimé. San Pablo est le paradis de Juan parce qu'il y vit avec une grand-mère qui l'aime.

2.2. Cherche l'information

a) Avec ton voisin, repère dans le texte ci-dessus et dans l'illustration du livre les éléments qui décrivent le paysage.

b) Situe ce pays sur une carte mondiale. Sur quel continent se trouve-t-il ? Est-ce loin ?

c) Réalise un dessin, le plus détaillé possible de cette description.

Le savais-tu ?

La capitale du Guatemala s'appelle Guatemala. Voilà une capitale facile à retenir !

3. L'origine des noms de famille

TEXTE INFORMATIF

D'où viennent les noms de famille ?

3.1. Crée un texte cohérent

Le premier cadre te donne le début de la réponse. Retrouve l'ordre des cadres dispersés.

Autrefois, quand les villages étaient petits, tous les gens se connaissaient : pas la peine d'avoir un nom. Il n'y avait que des prénoms. On savait que Pierre était le fils d'Henri et Guillemette la sœur de Godefroy.

A

On se servait **aussi** des noms de métier : forgeron par exemple. Mais si on était breton, ce nom de Forgeron se disait Le Goff. En corse, c'était Fabri et en arabe Hadad.

B

Alors on a inventé des surnoms. Tous les surnoms voulaient dire quelque chose. Si Pierre habitait dans les bois, on l'appelait Forestier. Si Godefroy avait les cheveux frisés, on lui donnait le nom de Mouton. Et même, si Henri était farci de petites bêtes dans la tête, il devenait Grattepuce… ou Mangepoux.

C

Et puis, il y a eu trop de Pierre, de Guillemette et d'Henri. Comment s'y reconnaitre?

D

Aujourd'hui, on ne sait plus très bien ce que voulait dire la plupart des noms. Mais chacun a le sien et le garde. Il est sur tous les papiers. Il est précieux comme le nez, les jambes ou les yeux. On en hérite. Cela veut dire qu'on le reçoit en naissant. Grâce à lui on n'est pas n'importe qui !

E

Plus tard, les pères ont donné leur nom à leur fils. Le fils de Pierre Le Goff s'est appelé Paul Le Goff et celui d'Henri Grattepuce... Gauthier Grattepuce. Comme ça on s'y reconnaissait à nouveau.

F

Mais personne n'écrivait ces noms de la même manière. A force d'être prononcés, ces noms se sont modifiés. Mouton est devenu Moutonnet, Forestier, Fortier et les descendants de Gauthier Grattepuce s'appellent Gratus.

D. PAGÈS, Astrapi, Bayard Presse, 15/01/94.

3.2. Réfléchis

a) Voici quelques noms de famille qui ont un rapport avec les noms de métiers : Lefèvre, Fournier, Couvreur, Monnier, Sabatier. Quel métier exerçaient ces personnes ? Forgeron ? Meunier ? Fabricant de sabots ? Poseur de toit ? Personne responsable du four à pain ?

b) Cherche ou imagine des noms de famille dont l'origine est :

- un métier
- un lieu
- un trait physique
- un trait de caractère

Illustre-les.

4. L'ami indien

TEXTE NARRATIF

4.1. Prépare ta lecture

Observe attentivement la page de couverture du livre dont tu vas lire un extrait. Repère un maximum d'indices de l'histoire. Qui ? Quoi ? Quand ? Où ?

4.2. Lis les premières pages

Ouvrons le livre et lisons les premières pages.

À quelques kilomètres de chez moi, il y a la réserve de Chicoutimi, un parc naturel de plusieurs centaines d'hectares avec seulement quelques maisons et deux ou trois commerces. Il m'arrivait de passer à côté à vélo. À cette époque — je venais d'avoir huit ans — je n'avais pas très envie d'entrer dans la réserve. Je voyais déjà bien assez les Indiens en ville : ils venaient fréquemment en voiture pour faire leur lessive ou même acheter un simple paquet de cigarettes. Ils avaient à peu près les mêmes habits que nous, roulaient dans les mêmes voitures américaines ou dans d'énormes camping-cars.

Moi, les Indiens que j'admirais, c'étaient plutôt ceux de la télé ou des livres : les guerriers coiffés de plumes et leurs chevaux au grand galop, les tipis sous la lune, le chant des tambours autour des feux de camp… ou alors, en plein midi, masquant brusquement le soleil, un énorme nuage de poussière soulevé par des milliers de bisons. Je faisais comme si ces Indiens existaient toujours et personne n'aurait eu le droit de me dire le contraire.

Un jour d'automne où il faisait un temps particulièrement affreux — de la pluie à torrents avec beaucoup de vent — je suis allé pour une fois à l'école en bus. Dans ces cas-là j'aime bien être assis tout au fond. La banquette arrière était justement libre. On a beau connaitre le paysage, il est tout à fait différent quand on se trouve haut perché et qu'on regarde en sens contraire de la marche. J'avais le nez collé à la fenêtre. Alors, j'ai senti nettement que quelqu'un dans mon dos m'observait. Je ne suis pas timide mais cela m'a tout de suite troublé. Je me suis retourné d'un coup.

C'était un Indien de mon âge. Il était à genoux sur le siège devant moi, la tête couchée sur ses bras appuyés au dossier. Il me regardait intensément et me souriait. Il avait l'air seul et trempé.

Alors les guerriers et les tipis, les chevaux et les bisons se sont bousculés une fois de plus dans ma tête. Et j'ai dit très vite à voix basse, mais c'était sûr qu'il entendrait : «T'as pas le droit de me regarder, t'as pas le droit.»

Ses mains se sont crispées sur le dossier, il s'est redressé. J'ai vu dans ses yeux quelque chose de dur. Et là j'ai fait une sacrée bêtise. Tout à coup j'ai dit plus fort : «T'es pas un Indien, toi, tu entends ? Pas un vrai !»

Sa bouche s'est ouverte toute grande mais il n'a pas dit un mot. Juste à ce moment, le bus s'est arrêté. Il en est descendu en courant et sans me regarder. Dehors, le vent chassait de gros paquets de feuilles mortes. Moi, j'avais le crâne appuyé contre la vitre. Le bus roulait depuis un bon moment déjà quand je me suis aperçu que je pleurais.

J'ai essayé de le revoir. J'ai pris le bus presque tous les jours. Quand c'était possible, je faisais plusieurs fois la ligne. Par beau temps, je trainais dans les rues, à la sortie de l'école, ou j'allais rôder du côté de la réserve.

J'ai voulu relire mes livres sur les Indiens mais je les ai vite rangés dans une caisse sous mon lit. Je restais tout seul dans ma chambre. Je voyais son sourire et cette pause toute calme et détendue qu'il avait quand j'avais découvert sa présence. Et je pensais maintenant tout le contraire de ce que j'avais dit. Tant pis pour les Indiens d'autrefois.

Je voulais absolument qu'il devienne mon ami. Mais il habitait peut-être très loin — et tout le monde sait que c'est grand l'Amérique…

J. TOUVET, *L'ami Indien*, L'école des loisirs, 1990.

4.3. Observe les illustrations

a) Comment expliques-tu l'illustration de la page de couverture, à présent que tu connais le début du récit ?

b) Les illustrations qui suivent accompagnaient le texte dans le livre. Insère-les à nouveau dans le texte.

- Que représente chacune d'elles ?
- À quelle place précise l'introduirais-tu ? Après quelle phrase ? Justifie tes choix.

A

B

C

D

5. Chanter l'amitié

TEXTE POÉTIQUE

Célébrez votre amitié en chantant cette chanson de Geneviève Bailleux.
Une classe qui chante unit ses voix pour unir les cœurs.

REFRAIN

J'ai mis dans mon cœur
Une ligne ronde
Comme le tour du monde
Tu es mon ami

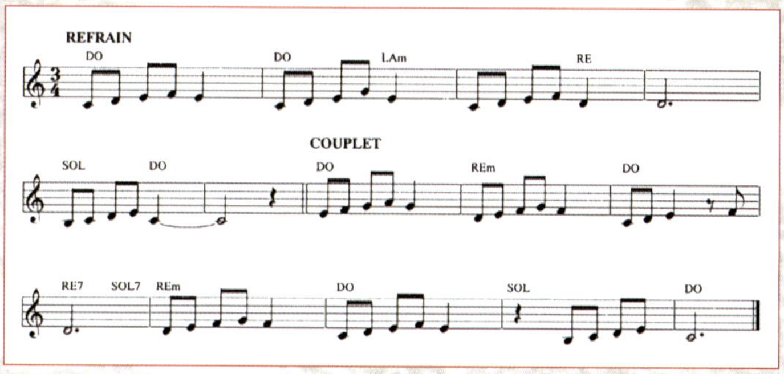

COUPLETS

I

Des oiseaux, des dunes
De la terre brune
Du soleil, des fruits
Bonbons à la crème
Tout ce que tu aimes
Des histoires aussi

II

Cherche pas la p'tite bête
C'est simple et tout bête
D'avoir un ami
Prends donc cette place
Mon cœur est Palace
Tu es à l'abri

REFRAIN FINAL

T'as mis dans ton cœur
Une ligne ronde
Comme le tour du monde
Je suis ton ami

Cette chanson fait partie du répertoire de RAPHY RAFAËL.
Tu la trouveras sur son disque. *Tout doux*, CD U 310026, Unidisc.

Heureux qui communique

THÈME 2

S'intéresser à la question

Mettez-vous en projet

a) Faites ensemble le relevé de tous les moyens de communication qui existent autour de vous.
Faites-en un classement.
Pour chacun, définissez qui l'utilise, dans quel but, et comment.

b) Comment pouvez-vous développer la communication entre vous, dans la classe, dans l'école ?
Quels nouveaux moyens pourriez-vous mettre en place ?
Comment ? Pourquoi ?

À titre d'exemple, voici quelques idées. Voyez celles qui vous conviennent le mieux.

a) Pourquoi est-il important de communiquer ?

b) Imagine un monde sans moyens de communication :
Quels seraient les avantages et les inconvénients d'une vie sans téléphone ? sans télévision ? sans radio ? sans ordinateur ? sans journal ? sans signaux routiers ? sans affiche, … ?

POUR PRENDRE LA PAROLE

La boîte à astuces

Voici quelques conseils qui pourront être utiles pour vos discussions de classe ou de groupe. Imposez-vous des règles de parole et d'écoute. Elles permettront à chacun d'être entendu dans les meilleures conditions.

À toi d'examiner comment appliquer chaque conseil compte tenu de ta personnalité et des habitudes de la classe.

1. AVANT

1. J'écoute ce que les autres disent.
2. Je pense à ce que je vais dire.
3. Je demande la parole.
4. J'attends mon tour de parole.

2. PENDANT

1. Je donne mon opinion avec civilité.
2. Je veille à ce que tout le monde m'entende.
3. J'essaie d'être clair(e) et ordonné(e).
4. Je regarde mes interlocuteurs(trices).
5. Je ne sors pas du sujet.

3. POUR FINIR

1. Je signale que j'ai terminé.
2. Je me dispose à écouter les autres.

À CLARIFIER

1. Comment demande-t-on la parole dans ta classe?
2. Comment te prépares-tu à intervenir?
3. Quelles sont vos règles de parole dans un débat en équipe? Qui est le responsable?
4. Comment assurer la progression d'une discussion?
5. Comment garder des traces de ce qui est dit?

1. Le dragon chanteur

TEXTE NARRATIF

1.1. Découvre le texte

Observe la couverture et lis le titre. À ton avis, qui est le héros ? Qu'a-t-il de particulier ? Que va-t-il se passer ?

Très loin d'ici, dans une ville, il y a un grand immeuble. Tout en haut de cet immeuble habite un affreux dragon. Il est énorme, rouge et vert, plein d'écailles. Heureusement, il ne se promène pas en ville. Il ne *fait* jamais *ses commissions* et chacun se demande comment il fait ses *provisions*.
Les gens disent :
— Il sort toute la nuit, il doit s'envoler par sa fenêtre et aller brouter dans la campagne quelques fleurs bien tendres.

Pourtant ce dragon est très, très gênant car il a une voix, ah! une voix... *abominable* : une voix de clairon, de trompette et de dindon.
Et il chante très fort, très fort, du matin au soir, accoudé à sa fenêtre.
Il chante tellement fort que les habitants de l'immeuble, de la ville et des environs attrapent toutes sortes de maux : mal aux oreilles ou mal aux cheveux. Ils ont les jambes *flageolantes* et la tête tremblante.

Bientôt, les immeubles eux-mêmes *se lézardent*, puis ils *chancellent*, et, enfin, l'un d'eux finit par s'écrouler.
Alors les habitants accourent et disent tous ensemble :
— Il faut faire taire ce dragon de malheur, cela ne peut pas durer, mais comment faire?
Une dame dit alors :
— Moi, je sais, j'ai une bonne idée : quand le dragon chantera à sa fenêtre, nous en profiterons pour lui lancer un énorme plat de purée. Pendant qu'il étouffera, il ne pourra plus chanter.
Aussitôt dit, aussitôt fait.
On construit un lance-purée et on le fait fonctionner.
La purée éclate en feu d'artifice, puis elle retombe en avalanche jusqu'au fond de la gueule ouverte du dragon gourmand.

Des mots expliqués

Faire ses commissions : faire ses courses

Provision : réserve

Abominable : horrible

Flageolantes : tremblantes

Se lézardent (se lézarder) : crevasser

Chancellent (chanceler) : se balancer

Ululer : crier comme des oiseaux

Le dragon avale tout, tout d'un coup. Va-t-il s'étouffer ? Pas du tout ! Il passe sa grande langue sur ses grandes dents. Il se frotte le ventre et, comme il est très content, il se remet à *ululer* :

— Kss ! Chlam-! Pataouam ! Pata miam ! ouh'ouh'ouah !

Les habitants sont très déçus, ils en attrapent une indigestion. Un monsieur dit alors :

— J'ai une bonne idée !

…

E. REBERG, *Le Dragon chanteur*, Bayard.

Le savais-tu ?

Les dragons ont-ils existé ?

D'après certains scientifiques, l'origine des dragons remonterait aux premiers hommes. Ces hommes auraient trouvé des ossements de dinosaures. Ce serait comme cela que les légendes sur les dragons seraient apparues.

Le dragon, à travers les pays et les âges

Maléfique et ravisseur de princesses occidentales au Moyen Âge, symbole de vie et de puissance en Chine, protecteur en Indonésie, gardien des sabres au Japon…, le dragon est une créature fantastique.

1.2. Comprendre

a) Ce texte raconte-t-il une histoire vraie ou une histoire imaginaire ?
b) Qu'as-tu déjà vécu qui y ressemble ?
c) Les habitants de l'immeuble connaissent-ils bien le dragon ?
Que disent-ils de lui ?
d) Qu'est-ce qu'une rumeur ?
Recherche ce que cela signifie. Voici un exemple.

ALIKI, *La communication*, L'école des loisirs.

1.3. Expérimente

Un message se transforme vite… en rumeur ou en message qui ne veut plus rien dire du tout.

Voici un petit jeu qui le démontre : **le téléphone sans fil.**
Toute la classe se met en cercle. Un élève (l'émetteur) lance un message dans l'oreille de son voisin (le récepteur) , celui-ci doit bien écouter pour le répéter à son voisin et ainsi de suite.
À la fin du tour, le dernier élève répète tout haut le message entendu, l'émetteur dit son message tout haut.

Le message a-t-il changé ? Pourquoi, à ton avis ?

Recommencez le petit jeu plusieurs fois avec des messages de plus en plus compliqués (plus longs, avec des mots qui se ressemblent, …)

Clin d'œil

Calembour (jeu de mot)

Un homme et son chien veulent visiter la tour Eiffel, le gardien dit : « Pas de chien là-haut » L'homme monte à 300 mètres, seul.

Qui est le plus haut : le chien ou le maître ?

Réponse : Le chien car il est assis sans maître.

il est assis sans maître = à 600 mètres

2. Le mot interdit

TEXTE DIALOGUÉ

2.1. Observe la couverture

Que vois-tu ? Regarde bien les gestes du papa, de la maman. Que signifient-ils ? Comment comprends-tu l'attitude du garçon ?

2.2. Découvre le texte

Malgré l'interdiction de ses parents, Thierry qui s'ennuie ce mercredi après-midi, décide de passer le temps à faire des farces au téléphone...

Je décroche l'appareil, et je compose plusieurs chiffres au hasard, sur le cadran. Un vingt pour commencer, un zéro, un sept, encore un zéro, et enfin trois fois un.

Au bout d'un moment, j'entends une sonnerie, et quelqu'un décroche :

— Allô ? Ici la société Tout-Gratis. Que puis-je pour votre service ?

Moi, j'ai décidé de me moquer de mon correspondant, aussi je réponds :

— Bonjour, je voudrais parler à Monsieur Lagrenouille !

— Il n'y a pas de Lagrenouille chez nous, dit la voix. Ici, c'est la société Tout-Gratis.

J'essaie de rester sérieux et je dis :

— Elle a un nom bizarre, votre société.

— Absolument pas ! fait la voix. Nous nous appelons Tout-Gratis, car nous offrons à nos clients tout ce qu'ils veulent, et gratuitement. C'est simple, n'est-ce pas ?

Là, je commence à me demander si la personne n'est pas, elle aussi, en train de se moquer de moi.

— Vous donnez tout gratuitement ? C'est impossible, aucune société ne fait ça.

— La nôtre, si ! Vous vous inscrivez ?

— Moi ? m'inscrire ?

À qui Thierry parle-t-il ?

De quoi s'occupe cette personne ?

— Oui. Donnez-nous votre nom, et aussitôt vous deviendrez un de nos clients. Vous pourrez nous commander tout ce que vous voulez, sauf de l'argent, bien sûr.

Finalement, je suis ravi, et j'accepte.

— Mon nom est Thierry Valleteau.

— Très bien! répond la voix. Maintenant. je dois vous faire connaitre le seul règlement que vous devez suivre : il est absolument interdit de commander des objets dont le nom se termine par le son «eur».

— Tiens, c'est curieux ça... Et si je le fais quand même?

La voix me répond d'un ton sinistre :

— Il y a deux possibilités. Ou vous rendez tous les objets qu'on vous a donnés, du premier jusqu'au dernier, ou bien vous êtes condamné à travailler tout le reste de votre vie sur la planète Tixar. Vous fabriquerez des objets dans nos usines.

En entendant ça, je ne suis pas très rassuré, mais je dis :

— Après tout, je n'aurai qu'à faire attention! Je peux faire ma première commande?

— Mais bien sûr! Vous avez droit à une commande par jour.

Je réfléchis une seconde et je m'écrie :

— Apportez-moi un camion en plastique!

Alors il se produit quelque chose d'extraordinaire : une fumée bleue se met à sortir du récepteur de mon téléphone. Puis elle prend la forme d'une bulle légère qui se pose sur le tapis. Enfin, elle disparait en laissant la place à un magnifique camion jaune avec des roues noires.

C'est tout à fait incroyable! Je me rapproche du téléphone pour demander :

Est-ce possible ?

Qu'en penses-tu ?

— Dites-moi... comment vous faites?

— C'est un secret!

Tous nos colis vous seront envoyés de cette manière. Et surtout, n'oubliez pas le règlement : pas d'objets dont le nom se termine par «eur»!

Bien entendu. je ne dis pas un mot à mes parents de cette incroyable aventure. Après avoir bien joué avec mon camion, je le cache tout au fond de mon coffre à jouets.

Le lendemain, je prends le téléphone et je compose mon numéro : vingt, zéro...

N. De HIRSCHING, *Le mot interdit*, Bayard, 2003.

3. Un dialogue téléphonique

TEXTE DIALOGUÉ

Voici le texte d'une communication téléphonique. Préparez deux par deux la lecture du dialogue en retrouvant pour chaque phrase la personne qui parle.

Mercredi après-midi, Vincent Leduc téléphone à Gilles Dujardin pour lui demander de passer le chercher avant l'entrainement de mini-football.

— Allô!
— Bonjour madame.
— C'est Vincent au téléphone. Pourrais-je parler à Gilles, s'il vous plait?
— Gilles n'est pas ici. Il a une journée sportive aujourd'hui; il rentrera plus tard.
— Pouvez-vous me dire vers quelle heure? J'aimerais savoir s'il vient me chercher pour aller à l'entrainement.
— Ah! ... Je pense que tu pourras le joindre vers cinq heures. Je lui laisserai un message!
— Merci madame. Je retéléphonerai tout à l'heure.
— Au revoir, madame.
— Au revoir, Vincent.

Le savais-tu ?

Même les baleines communiquent !

Les mâles sont reconnus pour leurs sons mélodieux.

Un moyen pour communiquer entre les mammifères marins est le jeu. Ils se frottent les uns contre les autres.

4. Apprendre à dire NON

TEXTE DIALOGUÉ

Non, c'est un petit mot de trois lettres qu'on trouve dans tous les dictionnaires. On l'utilise quand on n'est pas d'accord. On l'emploie aussi pour refuser de se soumettre à la volonté de quelqu'un qui peut nous faire du tort.

NON, c'est un mot de trois lettres qu'on trouve dans tous les dictionnaires.

Parfois, c'est facile de dire **NON !**

aux copains,

à son chien,

aux parents.
En fait, on le dit sans réfléchir.

Parfois, c'est idiot de dire **NON !**

parce qu'il faut faire attention à soi...

... ou parce que c'est mieux de s'entraider quand on vit ensemble.

D. ST MARS, S. BLOCH, *Maltraitance non !*, Bayard Jeunesse, 2004.

4.1. Découvre une situation de vie

Observe ce dessin. À quelle situation se rapporte-t-il ?

4.2. Réagisssez ensemble

Trouvez quelques situations de vie où il est utile de dire NON.

- Aux copains …
- Aux indiscrets …
- Aux menaces …

- … ou pour ne pas faire de la peine.

5. Communiquer par billets

TEXTE NARRATIF

4.1. Découvre une réalité

Dans la famille de Camille, le réfrigérateur ne sert pas seulement de garde-manger. Il est aussi un panneau d'affichage sur lequel tous les membres de la famille épinglent les messages qu'ils se destinent.

Le matin, dès que j'ai les yeux suffisamment ouverts, je vais vers le réfrigérateur. Ce n'est pas parce que j'ai faim. C'est pour savoir quelles sont mes tâches de la journée. Dans ma famille, le réfrigérateur est un véritable panneau d'affichage. C'est là que mes parents me disent ce qu'ils attendent de moi. Ma mère travaille de nuit et il est vrai que je serai déjà partie pour l'école quand elle rentrera.

Il faut dire qu'un panneau d'affichage n'est pas l'endroit le plus discret pour communiquer avec quelqu'un. Tout y est exposé à la vue de chacun.

Il est arrivé que ma sœur détache certains billets qui ne faisaient pas son affaire.

Mon frère Julien sait comment tourner ses phrases pour obtenir ce qu'il veut.

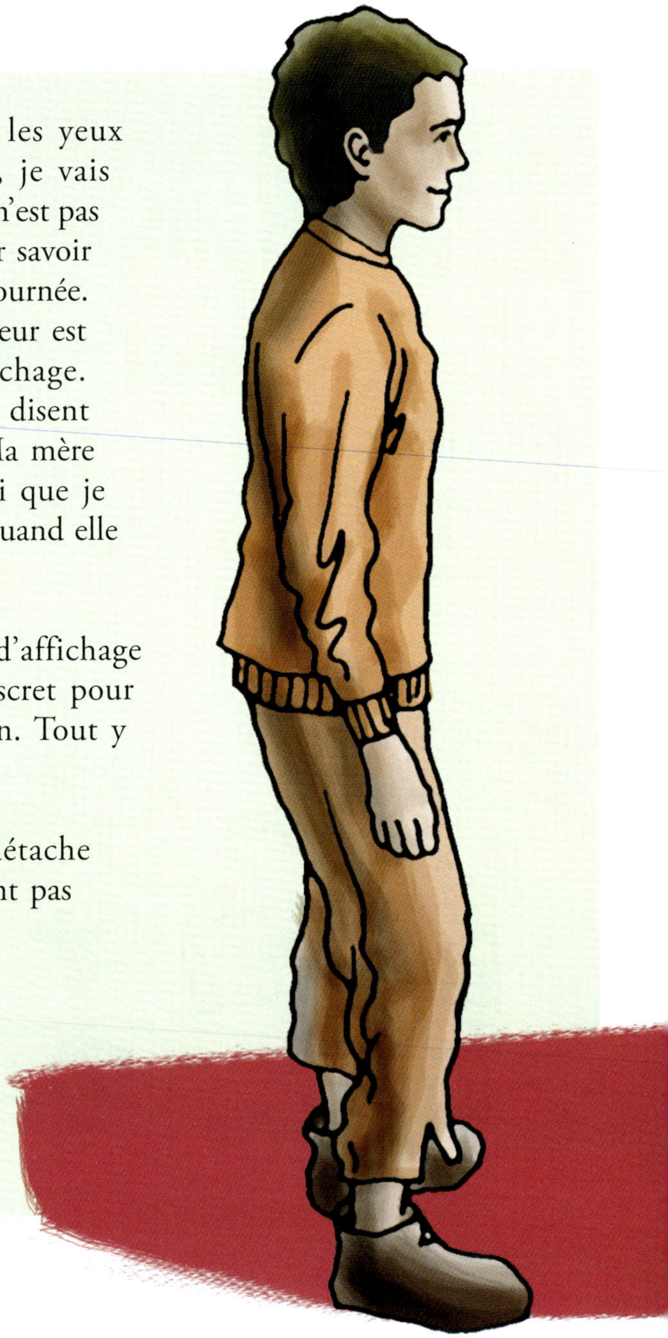

À suivre…

Ton vélo est chez Thomas; le sien a un pneu crevé. Il m'a promis de te le ramener ce soir. N'oublie pas l'académie à 18h! 1
N'oublie pas notre rendez-vous! Sonia 2
Ton repas est prêt dans le frigo. N'oublie pas de le réchauffer! Je rentrerai plus tard. Bisous. Maman 3
Menu pour ce soir: Saucisses (à décongeler). Tomates en ratatouille. Crème glacée. 4
Réunion des parents mardi à 19h30. Peux-tu y aller? Non! ça sera impossible! 5
Où se trouve ma vareuse de foot? lessiveuse séchoir armoire bac à linge sale 6
Cher frère, Ne cherche pas dans le placard. Je n'y suis pas. Pierre 7
Je suis chez le médecin. Ne t'inquiète pas. Je rentre vers 18h30. Bonne Maman. 8
Salut! devine où je suis? Pour le savoir tourne le billet 9

Moi, il m'arrive de regretter un mot un peu agressif. Quand j'ai l'occasion de le relire, je le remplace discrètement.

Mon père travaille le jour, quelle chance ! J'obtiens tout de suite ce que je demande. Quand je fais les courses avec lui, pas besoin de petits papiers sur le frigo.

De plus, je peux négocier, c'est encore ce que j'aime le mieux. Je préfère regarder les gens dans le blanc des yeux quand je discute. Le réfrigérateur est un vrai supplice pour quelqu'un qui aime parler comme moi.

J'aime mieux m'exprimer avec des gestes et des paroles que de faire des phrases et des dessins!

Pas vous ?

D'après Y. BELLEMARE, *Symphonie des cinq sens*, Graficor, 1985.

5.2. Donne ton avis

a) Quels sont les avantages et les inconvénients du billet par rapport à la communication directe ?

b) Que signifie «je peux négocier» (ligne 30). Donne un exemple.

5.3. Observe et compare les messages

a) Quel genre d'information ces petits papiers te donnent-ils ?
Peux-tu les comprendre facilement ?
Quand ce n'est pas le cas, que leur manque-t-il ?

b) Compare tous ces messages et établis la liste des questions qu'il faut se poser pour rédiger un billet compréhensible. Place cette liste «pense-bête» dans un endroit accessible ; elle peut te servir à tout moment, même en classe !

À propos de sport

THÈME 3

S'intéresser à la question

Partagez-vous le travail pour organiser une enquête, rassembler de la documentation, développer un projet... Voici quelques pistes à explorer. Choisissez celle(s) que vous mettrez en œuvre, en équipe. D'autres initiatives sont possibles.

Mieux connaitre les sports

a) Présente ton sport préféré.
b) Présente un livre ou une revue qui parle du sport pour les jeunes.
c) Discute avec tes camarades de l'organisation de récréations plus «sportives» ;
d) Organisez la visite d'un centre sportif.
e) ...

Mieux connaitre les sportifs

a) Rassemblez et organisez des documents concernant les sportifs (textes, photos, enregistrements...)
b) Organisez la rencontre d'un joueur, d'un arbitre, d'un entraineur.
c) Échangez avec un chroniqueur sportif.
d) Interrogez le professeur d'éducation physique sur ses gouts et ses espoirs dans le domaine sportif.
e) ...

Pour organiser une recherche

La boite à astuces

Il t'arrivera souvent d'avoir à rassembler des documents (fiches, livres, photos, matériel audio-visuel...) en vue de réaliser un travail, un contrat, un projet.

Voici quelques conseils d'organisation qui te feront gagner du temps... et qui te garantiront un travail serein.

1. QUI ?

Qui demande le travail ? Qui réalisera le travail ? Qui peut t'aider ? Qui le coordonne ? À qui le travail est-il destiné ?

2. QUOI ?

Sur quoi porte le travail ? Que veut-on savoir ?

3. QUAND ?

Quand le travail doit-il être déposé ? Quand l'effectueras-tu ? De combien de temps estimes-tu avoir besoin pour mener la tâche à bien ? Quelles seront les étapes de la réalisation ?

4. OÙ ?

Où vas-tu travailler ? Où se trouve l'information dont tu as besoin ? Où chercher une documentation complémentaire ?

5. COMMENT ?

Seras-tu seul(e) ou allez-vous travailler en équipe ? As-tu besoin d'un matériel particulier ? Comment vas-tu présenter le travail ?

5. POURQUOI ?

As-tu choisi le travail ou est-il imposé ? Qui va apprécier sa qualité ?

Prends le temps de répondre à chacune de ces questions, et à celles qui te seront suggérées par l'exercice. Tu auras vite conclu que ce n'est pas une perte de temps, mais une façon d'en gagner !

1. Réaliser des actions

a) Organisez une piste de sécurité routière pour les cyclistes, dans la cour de l'école.
b) Confectionnez des marionnettes d'athlètes pratiquant différents sports.
c) Réalisez une sensibilisation à la nourriture équilibrée nécessaire aux sportifs.
d) Organisez, pour le cycle ou pour toute l'école, une journée sportive sur le modèle des jeux olympiques.
e) Visitez une bibliothèque afin de connaitre les livres publiés sur le sport.
f) …

2. Organiser une enquête sur l'esprit d'équipe

Tu fais partie de différentes équipes à l'école, au jeu, dans tes loisirs, et même dans ta famille. Dans une équipe, es-tu la personne qui mène ? celle qui participe ? celle qui s'isole ? Voici des idées de questions à se poser. Trouves-en d'autres avec ton équipe et organisez l'enquête.

1. À la plaine de jeux ou à la cour de récréation,
   - ❑ Je suggère souvent des jeux à mes amis.
   - ❑ Je joue à n'importe quoi.
   - ❑ Je préfère jouer seul(e).

2. Quand je participe à un travail d'équipe, en classe,
   - ❑ C'est moi qui suggère les idées.
   - ❑ Je m'adapte aux idées des autres.
   - ❑ Je discute jusqu'à ce que le groupe accepte mes idées.
3. Quand un membre de l'équipe est en panne,
   - ❑ Je lui offre mon aide.
   - ❑ Je fais le travail à sa place.
   - ❑ Je lui dis de se débrouiller pour ne pas nous faire perdre de temps.
4. Quand une dispute survient dans le groupe,
   - ❑ Je demande à chacun de s'expliquer.
   - ❑ Je ne me mêle de rien.
   - ❑ Je change de groupe.

5. Quand on pratique un sport ensemble,
   - ❑ Je choisis une équipe forte.
   - ❑ Je joue avec n'importe qui.
   - ❑ Je préfère regarder.

1. Faire de l'exercice

TEXTE INJONCTIF

Des exercices à réaliser... cinq minutes entre deux cours. Tout ce qu'il te faut, c'est une chaise.

Lis chaque exercice avant de le réaliser devant le groupe.

A

REDRESSEMENTS

Pour raffermir les muscles abdominaux.
Couche-toi sur le dos, les mains derrière la tête, les jambes fléchies.
Redresse-toi jusqu'à ce que tes coudes touchent tes genoux, puis retourne à la position de départ.
Expire au cours de chaque redressement.

TENSION ET RELAXATION

Pour fortifier les bras et le tronc.
Tiens les muscles sous tension pendant dix secondes, puis détends-les pendant dix secondes.
Exécute deux fois chaque exercice.

C

COUPS DE PIED

Pour fortifier les cuisses.
Les jambes tendues, les pieds pointés, bats des pieds pendant 30 sec.
Tu peux faire le même exercice en croisant les jambes.

D

B

APPUIS FACIAUX

Pour fortifier les bras et le tronc.
Couche-toi sur le ventre et lève le buste à l'aide des bras, en laissant les genoux appuyés au sol.

SOUPLESSE DU COU ET DES ÉPAULES

Pour assouplir
Roule la tête lentement, sans effort, vers l'avant d'un côté, vers l'arrière, de l'autre côté.
Hausse les épaules, avec un mouvement de rotation, pendant 30 secondes chacune.

E

D'après BERTRAND, LABRECQUE, LEFORT, THEORET, *Jeux de Paroles*, Coup d'envoi, Mondia (Qc).

2. Fous de foot

TEXTE NARRATIF

Sonia est folle de foot. Dans son ancienne école, on l'appelait d'ailleurs la «foot-folle». Aujourd'hui, dans sa nouvelle école de Saint-Grobœuf, c'est pas tout à fait ça...

2.1. Lis les premières pages

La première chose que j'ai repérée, en arrivant à l'école de Saint-Grobœuf, c'est le but. Le but de football. La cour était petite, moche, grise, un peu façon cour de prison. D'ailleurs, les trois marronniers plantés au milieu avaient l'air de trois prisonniers. Les élèves, c'était pas mieux. À part quelques-uns qui semblaient contents de se retrouver, la plupart marchaient au radar, le cartable hagard, le nez pelé, les cheveux chiffonnés... Mais bon. Au fond de la cour, un peu de guingois, pas mal rouillé, il y avait ce but qui me faisait de l'œil, comme un soleil dans le matin brumeux de la rentrée.

Moi, le football, c'est ma passion. J'en suis folle. D'ailleurs, dans mon ancienne école, on m'appelait la «foot-folle». (Je tiens à préciser au passage que mon véritable nom est Sonia.) Là-bas, il ne risquait pas d'y avoir un but de football au milieu de la cour. La directrice, madame Bandu, avait le foot en horreur. Elle disait que c'est pas un sport de filles. Quelle vieille toupie, cette mémé! Son école, c'était pas une école de filles, c'était une école de nouilles. Pour elle, les sports de filles se bornaient à : couture, chant et arts ménagers. Combien de fois ça m'a démangée de lui mettre un but, schblang! bien centré dans le chignon. Les abrutis, c'est pas comme les numéros gagnants au Loto, on en trouve tout le temps. Et même bien plus qu'on voudrait.

Mais ne nous laissons pas entrainer hors de nos buts. Donc, dans mon ancienne école, il n'y avait pas de but de football. Mais je m'en fichais pas mal parce qu'à Flagny, là où on habitait avant, notre maison, c'était notre maison. Avec un grand jardin autour. Et dans le jardin, avec Seb — mon frère Sébastien qui joue en minimes — et mon autre frère Bertrand — Beb, qui joue en cadets —, on s'était pas gênés pour en construire un, de but. Au début, on avait pris la vieille machine à laver que les voisins avaient abandonnée sur le trottoir. Mais c'était trop dur de marquer. Le tambour faisait à peine quarante centimètres d'ouverture. On a beau être entrainés, faut pas rêver. Ensuite, on s'est servi de la barque de Papy. La toute neuve. Celle qu'il nous avait confiée parce qu'il n'a pas de garage chez lui. Le seul problème, c'est quand Papy et Mamy venaient : là, il y avait intérêt à rentrer le bateau en vitesse. Heureusement, ils ne viennent pas souvent. Et ils préviennent toujours avant.

Vrai de vrai, on s'éclatait dans ce jardin. Le soir, comme mon école était plus près, j'arrivais avant Seb et Beb. Du coup, j'avais le temps de me mettre en tenue et de faire mon échauffement. Étirement des jarrets,

toucher des orteils, abdominaux, pompes bras tendus, séries de sprints du garage au vieux pommier : aller, retour, en avant puis en arrière. Quand mes frangins arrivaient, j'étais fin prête. Même seule contre eux deux, j'arrivais à les mettre dans le vent et à marquer.

Avec le déménagement, tout a été chamboulé. Le principal chamboulement, c'est que notre maison, maintenant c'est un appartement. Les premiers jours, on a joué au foot dans la chambre de Beb, comme si de rien n'était. Le seul problème, c'est qu'on a cassé trois fois la vitre. Papa a fini par s'énerver. Surtout que c'était trois fois dans la même journée. Il faut le comprendre, pauvre papa, il n'est pas vitrier. Il est chercheur en biologie. Il cherche à comprendre des trucs dont, nous, on ne comprend même pas les noms. Il cherche aussi à comprendre, d'ailleurs, comment il a pu mettre au monde trois footballeurs, lui qui déteste les ballons et tout ce qui tourne autour. Je crois qu'il ne comprendra jamais. Du coup, dans le nouvel appartement, on s'est rabattus sur les bouquins. Seb a surtout des livres techniques. Beb est abonné à France-Football. Moi j'en suis à mon troisième classeur-photos de la collection «Stars du ballon rond». J'ai Maravilla, Grouskaeff, Gruyck, Kotoko en plein dribble. J'ai même un autographe de Raoul Bené avec écrit : «Salu Sonia.» Il a oublié le t à salut. C'est Papa qui l'a remarqué. Je lui ai expliqué que Bené est Camerounais, vendu à Amsterdam, racheté par Milan, prêté à Monaco : son orthographe a du mal à suivre, forcément. Papa m'a regardée d'un œil glauque. En foot il a vraiment du mal à suivre, pauvre papa. Encore plus que Bené en orthographe, apparemment. Pourtant, le foot, c'est plus facile à suivre que l'orthographe, je trouve… Mais peu importe. Chacun son truc. Moi, chaque soir, je continue à me mettre en tenue. Je fais mes pompes sur le tapis du salon. Avec Seb et Beb, on se repasse des matches au magnétoscope. Malheureusement, on n'a pas grand-chose, côté cassettes : Bordeaux-Nantes, mais c'est un match nul. Et vraiment nul, comme match nul. Brésil-Allemagne en coupe du monde, mais la bande est pourrie. On dirait qu'il neige sur le stade alors que c'était au mois de juillet. Sochaux-Monaco-Trois-Zéro. Celle-là, on l'a regardée vingt-sept fois. En accéléré. Au ralenti. Même en noir et blanc, pour voir. Mais y'a pas à dire : regarder du foot, c'est pas jouer!

C'est pour ça que la première chose que j'ai repérée, en arrivant à l'école de Saint-Grobœuf, c'est le but. Pendant qu'on se mettait en rang, j'ai tapé dans le dos d'une fille devant. Elle avait une gourde accrochée à son cartable et un air presque aussi gourde accroché à la figure :

— Ça joue au foot, dans le coin?

— Hein?

— Ça joue au foot, dans cette école?

Elle a haussé les épaules, comme si je lui faisais une blague pas drôle. J'ai flairé que la partie était loin d'être gagnée…

D'après F. JOLLY, *Fous de foot*, Casterman, 2003.

2.2. Donne ton point de vue

a) Penses-tu qu'il y a des sports de filles et des sports de garçons ? Explique-toi.
b) «Regarder le foot à la télé, ce n'est pas jouer». Quel est ton avis ?
c) Le sport figure-t-il en bonne place dans le projet de ton école ?
d) Connais-tu des gens qui détestent le sport ? Qu'en disent-ils ?
e) Comment définis-tu l'esprit sportif ? Donne des exemples.

Clin d'œil

Lequel de ces objets ne permet pas de faire du sport?

3. Pour rester en forme

TEXTE INFORMATIF

3.1. Lis l'information

NE JAMAIS ARRÊTER !

L'exercice physique permet d'être, mais aussi de rester en forme.

Le magazine bimestriel (qui paraît tous les deux mois) "Sport et vie" a publié un dossier consacré au vieillissement du sportif. L'observation d'un sportif entre 19 et 65 ans (durant 46 ans donc) a mis trois choses en évidence.

Premièrement, le vieillissement limite les performances en ce qui concerne la vitesse. Notre homme courait le 100 m en 12 secondes en 1957. Il lui fallait 15 secondes en 2003.

Deuxièmement, le vieillissement influence moins les efforts d'endurance (efforts plus longs et moins violents). L'athlète courait 10 km en 42 minutes à 19 ans; il parcourait la même distance en 47 minutes à 65 ans.

Troisièmement, et c'est le plus important: un corps qui n'a jamais cessé de pratiquer de l'exercice est en meilleure forme qu'un corps du même âge qui n'en aurait jamais fait.

Simplement, plus on vieillit, plus la motivation pour faire du sport doit changer : il ne faut plus vouloir être meilleur que des sportifs plus jeunes, mais vouloir rester plus jeune que des non-sportifs du même âge !

D'après B. CIERREUX, Le petit Ligueur, 21/09/2004.

3.2. Réponds

a) Redis avec tes mots les trois observations principales.

b) Comment comprends-tu le titre de l'information que tu as lue ?

c) D'où provient l'information ?

d) Quel est l'auteur de l'article ?

e) Cette information est-elle utile ? Pour qui ?

Le savais-tu ?

Test

- *Tu manges de tout.* oui - non
- *Tu évites de grignoter entre les repas.* oui - non
- *Tu fais de l'exercice tous les jours.* oui - non
- *Tu regardes la télévision moins d'une heure par jour.* oui - non

Tu as 4 „oui": tu fais tout ce qu'il faut pour rester en forme. Continue. Tu as un ou plusieurs „non": tu peux sûrement faire plus attention !

4. Muscles et mouvements

TEXTE INFORMATIF

4.1. Une question se pose

Tu as lu qu'il ne fallait jamais cesser de faire de l'exercice, et que la pratique d'un sport garantit un corps "en forme".
Mais qu'est-ce qui permet au corps de bouger, aux danseuses de réaliser des figures gracieuses, aux gymnastes de réaliser des prouesses étourdissantes ? Est-ce le cœur ? les os ? les muscles ? les nerfs ? Qu'en penses-tu ? Et quel est l'avis de tes copains sur la question ?

4.2. Lis le texte pour vérifier les réponses

Mouvements volontaires ou non

Quand le cerveau leur donne l'ordre de se contracter, les muscles obéissent. L'influx nerveux arrive dans le muscle. Celui-ci se contracte, et on peut lever la jambe, se lever, faire un signe de la main... Il s'agit d'un mouvement volontaire.

Il existe d'autres muscles qui se contractent automatiquement, comme le cœur.

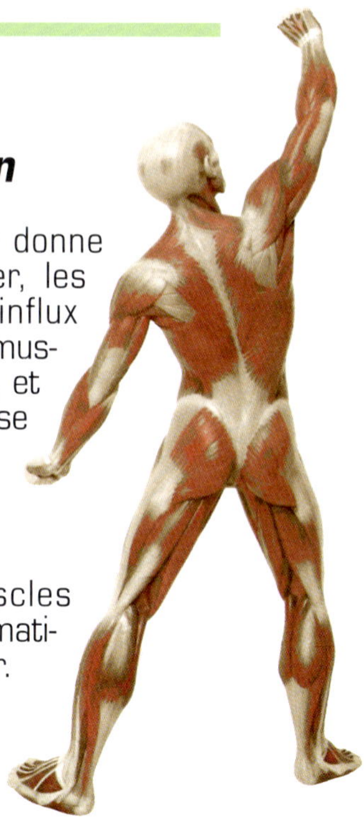

Fibres musculaires

Nos muscles sont constitués d'un très grand nombre de fibres musculaires élastiques.

En se contractant toutes ensemble, elles raccourcissent le muscle, et font bouger l'os auquel il est attaché.

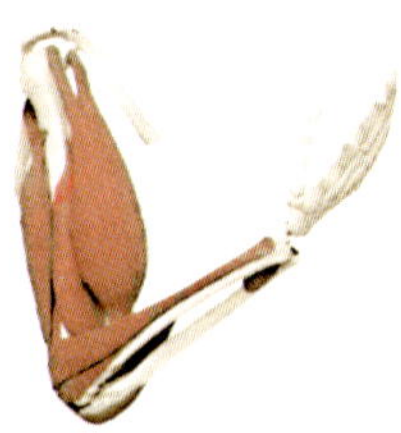

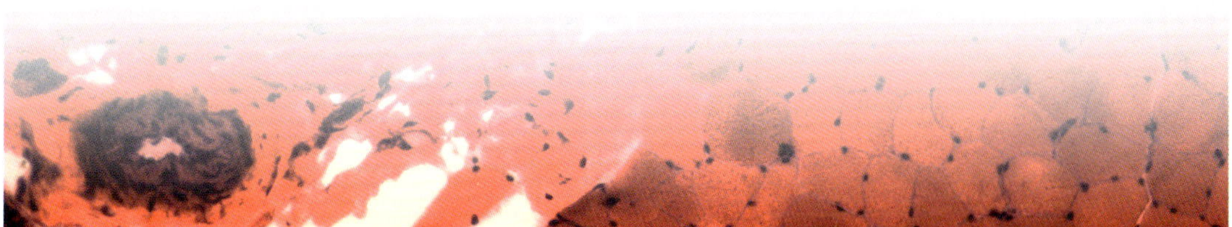

Muscle

Nos muscles font bouger nos os à chaque fois que nous faisons un mouvement. Les muscles sont commandés par les nerfs sous la forme d'un courant : l'influx nerveux. Comme des soldats, ils obéissent aux ordres venus du cerveau. Les muscles sont un peu comme des habits pour les os.

Il faut beaucoup d'énergie pour faire travailler les muscles. C'est pourquoi tu dois bien manger avant de faire du sport, et boire un jus de fruit quand tu es fatigué par un effort physique.

Edito Service - *Fiche Corps humain, 5* - Éd. Atlas.

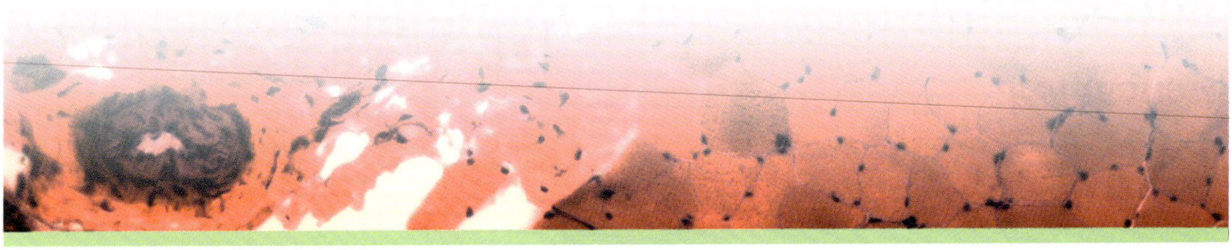

4.3. Vérifie ta compréhension

Vérifie si ton avis sur la question s'est modifié après la lecture :

Qu'est-ce qui fait bouger ton corps ?

Explique en utilisant tes mots. Le groupe t'écoute. D'autres copains complètent ou corrigent tes explications, ou les reformulent avec leurs mots.

Le savais-tu ?

Chez un être humain, on compte près de 600 muscles. Ils permettent de marcher, de courir, de sauter... mais aussi de respirer ou de tirer la langue !

5. Quel sport pratiquer ?

TEXTE INFORMATIF

Découvre le texte

Tu aimes jouer au ballon avec les copains ? Choisis un ***sport d'équipe*** comme le football, le volley, le basket, ... Quand tu joues en équipe, le but n'est pas de gagner tout seul, mais de faire gagner toute l'équipe en respectant les adversaires comme tu voudrais qu'ils te respectent. Dans les sports d'équipe, l'arbitre surveille l'application des règles. Les joueurs doivent accepter ses décisions.

Les sports artistiques te plaisent? Oriente-toi vers la ***danse*** ou la ***gymnastique rythmique*** qui associe le sport avec l'art. Ces sports t'aideront à mieux connaître ton corps et à contrôler tes mouvements.

Tu adores les animaux et tu te sens en confiance avec eux, Pourquoi ne pas essayer l'***équitation***? Au plaisir de monter le cheval et de voir s'établir une complicité avec lui s'ajoute celui de le soigner et de le nourrir.

Tu cherches à te défouler? Les ***sports de combat*** (judo, karaté, lutte...) te permettront de le faire, tout en apprenant à te contrôler.

Tu souhaites te dépasser et établir des records? L'***athlétisme*** et les ***sports individuels*** développent le gout de l'effort et t'aident à avoir confiance en toi et à ne pas te décourager. N'oublie cependant jamais que l'important n'est pas de gagner, mais de participer.

Tu es tenté par les sensations fortes? Les ***sports de l'extrême*** tels le saut à l'élastique, le parapente, la plongée sous-marine, la spéléo ou l'escalade sont déconseillés aux enfants. Ils exigent une excellente condition physique, et leur pratique nécessite un cadre réglementé (association, club, respect des normes de sécurité) ainsi que l'obtention d'un certificat médical.

D'après Dr Françoise RASTAIN-FAUGERON, *Le sport*, Nathan, 2005.

6. C'était un bon copain

TEXTE POÉTIQUE

C'était un bon copain

Il avait le cœur sur la main
Et la cervelle dans la lune
C'était un bon copain

Il avait l'estomac dans les talons
Et les yeux dans nos yeux
C'était un drôle de copain

Quand il prenait ses jambes à son cou
Il mettait son nez partout
C'était un charmant copain

Il avait une dent contre Étienne
À la tienne Étienne à la tienne mon vieux
C'était un amour de copain

Il n'avait pas sa langue dans la poche
Ni la main dans la poche du voisin
Il ne pleurait jamais dans mon gilet
C'était un copain
C'était un bon copain

R. DESNOS, *Corps et biens*, Gallimard.

Clin d'œil

Devinette

Un chien, c'est bien joli, mais je
N'aime pas le voir dans mon jeu.

Me reconnais-tu?
Je suis la pièce d'un jeu autrefois populaire.

Le jeu de quilles.

7. Évoquer des souvenirs

TEXTE POÉTIQUE

7.1. Donne ton avis

À quel personnage du dessin t'identifies-tu? Donne-lui la parole pour évoquer tes souvenirs liés à l'eau.

a) Ton meilleur souvenir d'eau.
b) Ton plus mauvais souvenir.
c) Ce que tu éprouves dans l'eau.
d) Ce que tu aimerais faire dans l'eau.
e) Ce que tu aimerais devenir dans l'eau.
...

7.2. Évoque des souvenirs

Sarah a dessiné ses progrès dans l'eau. Fais correspondre les dessins et les commentaires.

a) J'ai nagé comme un chien, toute seule – b) J'ai sauté dans l'eau avec la maitresse – c) J'ai nagé allongée sur le ventre – d) J'ai sauté en arrière toute seule. – e) J'ai nagé la brasse – f) J'ai fait une pirouette dans l'eau.

Fais de même. Dessine trois de tes meilleurs souvenirs d'eau, et accompagne-les d'une légende.
Propose à tes copains d'afficher les dessins.
Compare les souvenirs des uns et des autres, et partage les tiens.

Marins ou pirates ?

THÈME 4

S'intéresser à la question

Que sais-tu déjà ?

1. Voici dix affirmations à vérifier.
D'accord ? Pas d'accord ? Justifie tes choix.

1) Un marin est employé à la conduite ou à l'entretien d'un navire.
2) Un pirate est un marin bandit qui attaque les navires de commerce.
3) Un flibustier est un marin-pêcheur.
4) Un corsaire commande un navire pour le compte d'un gouvernement.
5) Un forban est un marin-soldat.
6) Barbe Noire était un pirate.
7) Rackham le Rouge a existé.
8) Les pirates utilisaient le radar pour repérer le navire à attaquer.
9) Certains navires ont coulé avec leur butin.
10) Il y avait déjà des pirates dans l'Antiquité.

2. Observe

Ces illustrations évoquent les marins et les pirates. Commente-les, et complète-les par d'autres documents que tu possèdes.

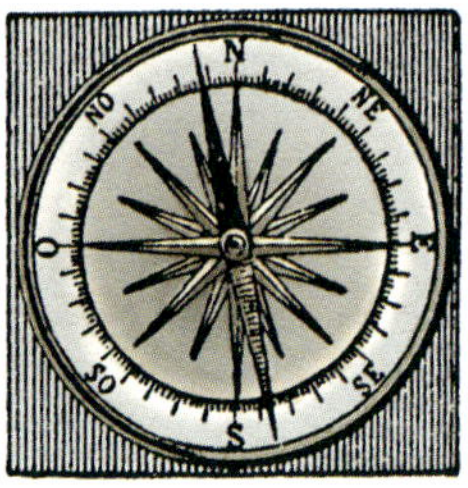

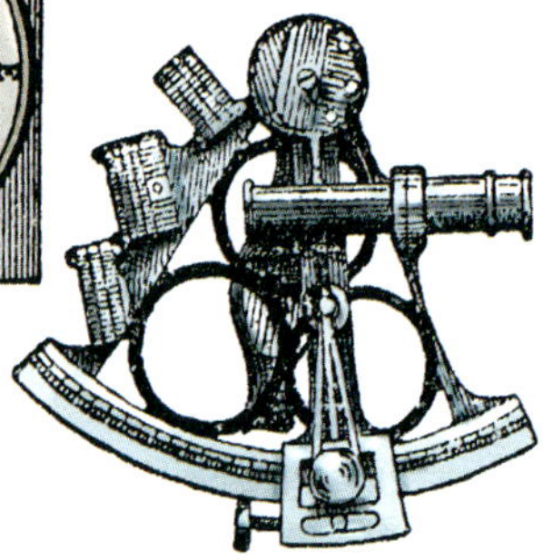

Hohé, marin, tu aimes le vin !
Libre tu es, pirate tu es
Sur les flots tu as passé ton enfance
La liberté, voilà ta seule espérance !

A. Mets

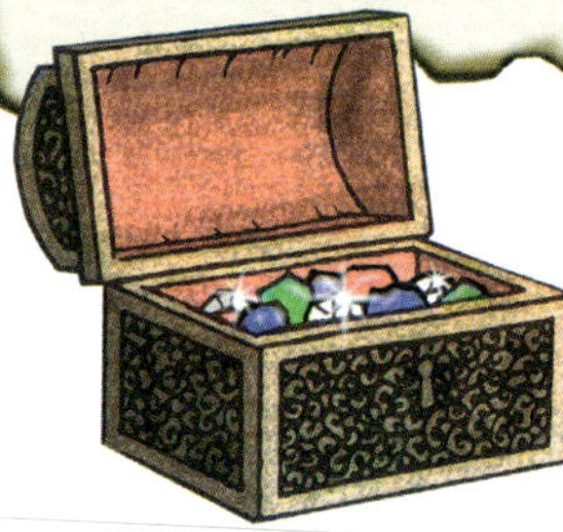

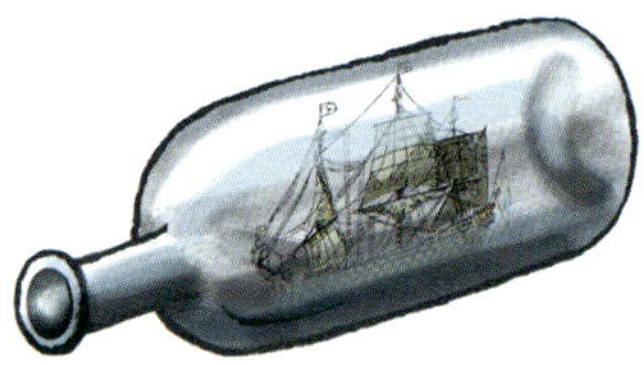

Mettez en œuvre un projet

a) Organisez une recherche en bibliothèque pour répondre aux questions relatives aux marins et aux pirates restées sans réponse.

b) Rassemblez des documents sur la conquête des mers et des océans.

c) Organisez une exposition sur le thème de la mer.

d) Visitez deux bateaux fort différents : le Mercator et l'Amandine à Ostende.

e) Visitez le Centre Sea Life à Blankenberge.

f) Explorez les fonds marins à Nausicaa à Boulogne-sur-Mer (France).

g) Un site pour vous renseigner sur les légendes et faits concernant les pirates : *www.piratesinfo.com/mainphp.*

1. Papa pirate

TEXTE NARRATIF

1.1. Lis le début de l'histoire d'Étienne

Au temps où on naviguait à la voile, La Rochelle était un des ports les plus importants de France. Étienne habitait le plus vieux quartier de la ville. Il n'avait pas son pareil pour se battre et pourtant, il était si petit, et avait les yeux si clairs, qu'on l'appelait «l'Ange». Tout le monde savait que son père était un bandit des mers, mais Étienne, lui, en était fier!

Une nuit, alors que papa pirate quitte la maison pour rejoindre son bateau, l'Ange le suit. Il griffonne un petit mot pour sa maman : «Maman. Adieu. Ne te fais pas de souci. Je vais avec papa pirate».

Dehors, place de la Motte-Rouge, une cloche, perdue, pleure dans l'obscurité. Papa pirate passe sans s'arrêter devant la taverne des Naufragés. Il s'éloigne de la ville. Des arbres sortent en sursaut dans la nuit; peut-être que, derrière chacun d'eux, se cache un bandit? Mais non, papa pirate avance seul, d'un pas sûr, et la chanson qu'il sifflote, toujours la même, est sans doute faite pour éloigner les démons.

Étienne sait bien où va son père. Combien de fois, lui-même, n'a-t-il couru là-bas en rêve? Là-bas, à Chef-de-baie… Il n'avait qu'à fermer très fort les yeux et soudain surgissait le bateau de son père, le bateau noir comme l'encre, *Le Démon*, avec sur son pavillon noir des os de morts entrecroisés. Il l'a si souvent imaginé qu'il est sûr de le reconnaitre.

Et voilà que maintenant, du haut de la falaise, la mer apparait, froide et déserte. Un deux-mâts brille sous la lune. Quelle surprise! Il est tout blanc! Et il ne s'appelle plus *Le Démon*, comme autrefois, il s'appelle… Oh! Étienne manque de défaillir. Le deux-mâts de papa pirate s'appelle L'Ange, justement.

À suivre…

1.2. Fais le point avant de lire la suite

a) Quel est le sentiment d'Étienne quand il suit papa pirate dans la nuit ?

1. Il a peur du noir et pleure en silence.
2. Il n'a pas peur et sifflote une chanson.
3. Il est rassuré parce que papa pirate n'a pas peur.
4. Il ressent la même peur que papa pirate.

b) Étienne connait l'univers de son papa pirate parce que

1. Il l'a déjà accompagné dans un de ses voyages.
2. Il imagine souvent, en rêve, le bateau de papa pirate.
3. Il a vu des gravures du bateau noir comme l'encre.

c) Pourquoi Étienne est-il très étonné en voyant le bateau ?

1. Le deux-mâts de papa pirate s'éloigne déjà dans la baie.
2. Le bateau n'est pas celui de son papa.
3. Le bateau a changé de couleur et de nom.

1.3. Lis la suite de l'aventure

— Tiens, pense l'Ange, mon papa a donné mon nom à son deux-mâts! C'est comme s'il m'attendait, comme s'il connaissait mon secret! Le secret d'Étienne, c'est que depuis longtemps déjà il a décidé d'être passager clandestin sur *Le Démon*. Souvent, avant de s'endormir, il s'est récité à lui-même :

— *Toi, Étienne, fils de pirate, quand tu seras sur Le Démon, que feras-tu?*

— *Je serai muet comme la tombe, même si un dragon à huit têtes vient me menacer. Je serai une ombre parmi les ombres. Promis, craché.*

— *Toi, Étienne, fils de pirate, ce que tu rêves, tu le feras. Et puis un jour, sur Le Démon, il y aura une bataille à livrer. Et alors?*

— *Je monterai sur le pont et je serai si vaillant combattant qu'Œil-de-Feu dira bien haut, à ses brigands : «Cet enfant que voilà, c'est mon enfant pirate.»*

Le bateau, les pirates ont surgi dans la nuit. Étienne n'a pas peur, puisque son papa est là. Il observe, caché derrière un arbre. Tout en bas, autour de son père, des hommes s'activent en haletant. On dirait de gros rats. L'un d'eux, tout tordu, marche par saccades. Un autre est maigre comme une

moitié d'homme. Il doit avoir une trogne féroce, pleine de rides comme des cicatrices. Un autre encore peste en soufflant comme un phoque :
— Poisse et mélasse ! Mélasse et poisse !
Quand on a presque tout embarqué, Étienne court se glisser dans une barrique vide. Un homme la charge sur son dos sans se poser de question, il est si léger, Étienne ! Poisse et mélasse, le voilà embarqué ! Soudain, les mots magiques résonnent dans la nuit, hurlés par le porte-voix d'Œil-de-Feu :
— Gabiers, à vos vergues ! Virez le cabestan. Filez les cargues ! Hissez l'ancre !

Le bateau gémit, prend son souffle, l'eau bouillonne, le grand bateau s'en va. Le cœur d'Étienne se soulève de joie et d'angoisse. Tout à coup, il se rend compte que sa maman ne sera plus là pour lui dire, chaque soir : «Fais de doux rêves, petit ange !» Maintenant, les rêves, il va falloir les vivre, pour de bon.

E. REBERG, *Papa pirate*, Seuil, 1992.

1.4. Vérifie ta compréhension

a) Retrouve dans l'illustration ce que tu as aimé dans ce texte.
b) Comment fait Étienne pour embarquer sur le bateau de son père ?
c) Pourquoi l'auteur change-t-il le caractère typographique du texte à partir de la ligne 28 ? Qu'a-t-il voulu exprimer par là ?
d) Quel est le rêve d'Étienne ? Ce mot "rêve" a-t-il la même signification à la ligne 53 ? Et à la ligne 14 ?
e) Au début du livre, Étienne parle de son papa pirate :
«... j'étais petit, mais je me souviens bien de lui. Il portait un sabre au côté, un sabre en or. Et il était si grand qu'il devait se plier en deux pour franchir le seuil. Dis maman, n'est-ce pas que mon papa est un noble pirate ? Qu'il ne tue que les méchants, et toujours avec courage ?»
Que répondrais-tu à cette question ? Pourquoi ?

Clin d'œil

Le pirate le plus gentil :

Le pirate Edward ENGLAND fut abandonné par son équipage pour avoir montré trop de pitié envers ses prisonniers.

Le pirate le plus terrifiant:

Edward TEACH, appelé Barbe Noire (1680-1718) terrifiait tout le monde, y compris son équipage. Lorsqu'il passait à l'abordage, pour avoir l'air plus terrible, il allumait de petites mèches qu'il coinçait dans son chapeau !

2. Le chien des mers

TEXTE NARRATIF

De nombreux livres sont consacrés aux aventuriers des mers. Tu as lu Papa pirate. Voici Le chien des mers. Lis attentivement les extraits qui te sont proposés. Tu compareras ensuite les deux histoires.

2.1. Lis l'histoire de Jean Quiquenmousse

Dans la famille de Jean, on est corsaire de père en fils et on écume les mers, au service du roi de France. C'est plus dangereux que d'aller à l'école...

Mon grand-papa Quiquengrogne était corsaire au service du roi de France. Maintenant, il dort au coin du feu et, quand il s'éveille d'un rêve en sursaut, on l'entend qui s'écrie :
— Hardi, les gars ! Sus aux Anglais !

Mon papa Quiquenpleure était corsaire au service du roi de France mais ces maudits Anglais l'ont pris. Il est là-bas, derrière les mers, prisonnier en Angleterre.

Moi, je m'appelle Jean Quiquenmousse. J'aurai bientôt neuf ans. Ce jour-là, ce sera mon tour d'être mousse et corsaire au service du roi de France. En attendant mon capitaine et mon vaisseau, je m'entraine au combat avec tous les enfants du port sur les remparts de Saint-Malo. Nous nous battons avec des sabres de bois, nous disons des gros mots et crachons à dix pas. Je suis le chef de notre bande car c'est moi qui partirai le premier.
[…]

Ce grand jour arrive et il embarque sur le «Chien des mers» avec un passager clandestin, le rat Balthazar, que son amie Toinette lui a confié.

Le «Chien des Mers» est un trois-mâts de fière allure. Il porte, en figure de proue, une tête de chien aux crocs découverts. C'est pour faire peur aux Anglais. Mon capitaine, monsieur de Beaupré, a perdu un œil au combat. Le quartier-maitre, Le Hunier, y a laissé un bras. C'est la faute des Anglais. J'ai presque de la peine d'y penser.

— Mes enfants, a dit le capitaine, les temps sont durs et l'Anglais est un brigand. Mais nous nous battrons et nous mourrons, s'il le faut, au service de notre roi. Mort aux Anglais !

Tous ont crié :

— Mort aux Anglais !

Je crois que moi, je l'ai dit d'une petite voix. C'est à cause de Balthazar. Il pourrait se vexer. Le «Chien des Mers» a quitté Saint-Malo avec la marée.

— Voici ton hamac, garçon, m'a dit un matelot, pose donc ton baluchon. On croirait que tu emportes le trésor du roi de France.

J'ai fait semblant de trouver la plaisanterie drôle et j'ai jeté à terre mon baluchon. C'est ainsi que j'ai commencé ma vie de corsaire, à bord du «Chien des Mers». C'est une vie plus dure que celle que j'imaginais, quand je me battais au sabre de bois sur les remparts de Saint-Malo. La mer est parfois mauvaise et l'on a mal au cœur. Puis quand la mer est belle, on s'ennuie. Monsieur de Beaupré est très gentil. Il parle doucement et il a plein de dentelles à ses poignets. Mais Le Hunier, mon quartier-maitre, est souvent ivre et il nous bat. Puis maman me manque et Toinette aussi. Mais ce sont des choses qu'on ne dit pas quand on est corsaire de Saint-Malo.

M.-A. MURAIL, *Le chien des mers*, L'école des loisirs, 1988.

2.2. Compare

a) Les deux histoires

Les vaisseaux, les capitaines, les héros et même les passagers clandestins sont différents. En quoi ?

Ils conservent des points communs. Lesquels ?

b) Les deux narrations

Découvre qui raconte l'histoire dans chaque récit.

	Papa Pirate	Chien des Mers
Le héros raconte lui-même son aventure.	oui / non	oui/non
L'auteur utilise «il» pour parler du héros.	oui / non	oui/non
L'auteur utilise «je» pour parler du héros.	oui / non	oui/non

2.3. Réfléchissez ensemble

a) Existe-t-il encore des pirates comme Œil-de-Feu ?

b) Qui sont les pirates dans notre monde actuel ? Cherche des exemples.

c) Qu'est-ce qui pousse quelqu'un à être un pirate ?

d) T'es-tu déjà comporté comme un pirate? À quelle occasion ? Qu'est-ce qui t'y a poussé ?

e) Quelle différence y a-t-il entre un pirate et un corsaire ?

2.4. Raconte

Connais-tu des films, BD, livres qui racontent une histoire de pirates ?

a) À quelle époque se déroule-t-elle ?

b) Où se passe-t-elle ?

c) Quel est le nom du (des) pirate(s) ?

d) Quel événement important as-tu retenu ?

e) Qu'as-tu aimé dans cette histoire ?

Le savais-tu ?

Les pirates sont souvent représentés avec des anneaux dans l'oreille. Ils pensaient qu'en perçant leur oreille avec de l'argent ou de l'or, ils amélioreraient leur vue!

Jean BART et Robert SURCOUF furent des corsaires célèbres aux XVIIe et XVIIIe siècles. Le premier rapporta tant d'or au roi Louis XIV que celui-ci l'annoblit.

Le capitaine gallois Bartholomew ROBERTS dit "Le Baronnet Noir" était un des pirates les plus fortunés de tous les temps; il a fait couler 400 bateaux. En outre, il était élégant, ne buvait que du thé et ne jurait jamais.

3. Un pirate dans la ville

TEXTE NARRATIF

3.1. Découvre le texte

Si quelqu'un avait dit au maire de La Serena* qu'un jour son fils Isidro sauverait la ville, le gros bonhomme aurait éclaté de rire. "Isidro, mon petit dernier? Mais voyons, il est tellement dans la lune qu'il serait incapable de se sauver lui-même!"

Pourtant, c'est bien ainsi que les choses se sont passées. Un jour, ce petit garçon rêveur a affronté tout seul une armée de pirates, et il a vraiment sauvé La Serena. C'était en 1680.

Ce matin-là, toutes les cloches des dix-huit églises de la ville sonnaient à tout rompre. À l'horizon, sur la mer, trois navires approchaient : leurs voiles étaient toutes déployées et en haut des mâts flottaient des pavillons noirs.

Dans la ville, on n'entendait qu'un seul cri :
— Les pirates sont de retour!
Les hommes, les femmes, les enfants, les vieillards, tous couraient à travers les rues comme des fourmis affolées. Sur le pas de sa porte, le maire comptait ses enfants en les poussant devant lui.
Tous les habitants de la ville se précipitaient sur des charrettes ou des carrioles pour s'éloigner de la côte. Même les mendiants se sauvaient en trainant derrière eux tous les chiens de la ville.
— Pressons, répétait le maire en entassant dans sa charrette les enfants, les animaux, le coffret à bijoux et les jambons fumés. Les cloches continuaient à sonner. Sur les drapeaux des bateaux on pouvait maintenant distinguer des têtes de mort avec les deux os en croix.

J. BACELLS, *Un pirate dans la ville*, Bayard Poche, 1993.

Un mot expliqué
**La Serena* est une ville du Chili, au bord de l'Océan pacifique.

3.2. Imagine la suite

a) Quel scénario imagines-tu pour la suite du récit ?
b) Où partent les habitants de la ville ?
c) Quel est l'aspect de la ville abandonnée par ses habitants ?
d) Que vont faire les pirates ?
e) Comment Isidro pourra-t-il sauver la ville ?

3.3. Vérifie

À l'arrivée des pirates, Isidro sonnait la cloche d'une des églises. Deux grosses boules de coton bouchaient ses oreilles, et il n'avait pas entendu les cris d'alerte. Il se retrouva face aux pirates en colère qui n'avaient rien trouvé. Isidro, terrifié, conduisit le chef des pirates dans son jardin où il avait enterré un trésor. Un coffret contenait, entre autres, un penny anglais qui lui avait été offert par... le frère du chef des pirates, que celui-ci croyait décédé. Attendri à l'idée que son frère était vivant, il quitta la ville avec ses hommes après avoir embrassé Isidro. La ville était sauvée !

4. Le journal de bord d'un explorateur

TEXTE INFORMATIF

Christophe Colomb est un grand navigateur qui vécut il y a 500 ans. Il s'aventura sur une mer que personne n'avait encore osé traverser. Après plus de deux mois de voyage en pleine mer, il accosta sur une terre inconnue, «le nouveau monde» qu'on appellera ensuite l'Amérique.
Voici une partie de ses notes, prises en cours de voyage.

Associe les extraits «A», «B», «C» aux dates indiquées

Le 1er août 1492

Je m'appelle Christophe Colomb. J'ai 41 ans. J'ai passé mon enfance au bord de la mer, à Gênes, en Italie. Certains me croient fou car je veux faire, en bateau, un voyage que personne n'a jamais fait. Seuls le roi Ferdinand et la reine Isabelle d'Espagne me font confiance. Ils m'ont nommé amiral de la mer Océane, et ils m'ont donné tout ce qu'il me faut pour mon expédition. J'ai beaucoup navigué et je connais bien les cartes de géographie. J'en dessine même ! Tout le monde sait que la terre est ronde. Je l'ai appris à l'école.

Le 3 août 1492

?

Le 14 août 1492

?

Le 10 septembre 1492

Nous sommes partis depuis cinq semaines déjà. La mer est belle. Nous naviguons sans problème. Mais la vie à bord n'est pas facile. Les réserves de nourriture moisissent dans la cale, ça sent très mauvais et les rats courent partout.

Le 9 octobre 1492

Mais où est donc la terre? Je suis inquiet. Les marins sont nerveux. Ils trouvent qu'on va trop loin. Ils ont peur de manquer de vivres. Ils complotent dans mon dos. Ils veulent rentrer…

Pourtant, depuis le départ, je triche sur les calculs. Je leur fais croire que nous n'avons parcouru qu'un peu de chemin. Maintenant ils ne me croient plus.

Heureusement, ils font une découverte qui les réconforte : des petits oiseaux multicolores viennent se poser sur le pont. Ce ne sont pas des oiseaux de mer. La terre n'est pas loin.

Le 12 octobre 1492

?

A

Sur la «Pinta» qui est loin devant, le canon tonne. Terre! Tous les marins hurlent de joie. Enfin! J'avais raison, je touche à mon but : les Indes*! Nous débarquons. Je baptise cette terre Nouvelle San Salvador.

* En fait, il s'agit d'une ile des Bahamas.

B

Enfin le grand départ. Les trois bateaux lèvent l'ancre et quittent le port de Palos. Adieu l'Espagne! La «Nina» et la «Pinta» filent devant. Ce sont des caravelles légères et faciles à piloter. J'ai pris le commandement de la «Santa Maria» qui est plus grande et plus lourde.

Cela ne va pas être simple! Mon bateau est rempli de voyous qui se sont embarqués comme marins pour échapper à la justice. Eux seuls ont osé se lancer dans cette aventure. Il y a des bagarres tout le temps.

C

Trois heures du matin.
Comme d'habitude, depuis notre départ, je ne dors pas. J'entends les marins de l'équipe de nuit. Ils secouent leurs camarades qui dorment tout habillés sur le pont.
Les hommes se relaient toutes les quatre heures. Ils font le «quart». Beaucoup d'hommes ont mal au ventre à cause de l'eau qui n'est plus bonne à boire. Il leur faudrait aussi des fruits frais et des légumes.

D'après ASTRAPI, N°319, Bayard Presse, 1992.

5. Une histoire dont tu es le héros

LE SCHÉMA DU RÉCIT

Capitaine d'un trois-mâts, tu vogues sur l'océan depuis plusieurs semaines déjà. Les vivres commencent à manquer et les matelots s'impatientent d'atteindre la terre. Enfin, un matin, la vigie annonce «terre, terre».

Ci-contre, la carte de la terre sur laquelle ton vaisseau va accoster. Un trésor est caché dans une caverne de la montagne.

5.1. Réfléchis seul

Avant de partir, donne un cadre à ton aventure :

1. Où ?

Quel est le nom des lieux et obstacles naturels ?

2. Quand ?

Quand se passe cette aventure ?

3. Qui ?

Qui est le héros ? Comment s'appelle-t-il ?
Quels sont ses deux principaux traits de caractère ?
A-t-il des compagnons ?

4. Quoi ?

Quels obstacles, quels problèmes rencontre-t-il ?

5. Pourquoi ?

Pourquoi décide-t-il de partir à la recherche du trésor caché ?

6. Comment ?

Comment cette aventure se termine-t-elle ?

5.2. Réfléchissez ensemble

En groupe, mettez vos idées en commun et habillez la carte de tous les éléments nécessaires à votre histoire.

Dernier détail avant le départ : comment allez-vous raconter votre aventure ?
À quels éléments particuliers allez-vous être attentifs ?

6. La mer et les poètes

TEXTE POÉTIQUE

Connais-tu un autre poème qui raconte une légende ?

Le vieux marin du port
Le vieux marin du port
À la jambe de bois
Depuis hier est mort,
Une algue entre les doigts.

Il avait grappillé
Un tel butin d'étoiles
Que le ciel s'affolait
Quand il larguait les voiles.

En mer de bon matin,
Un des gamins du port
Aurait vu le marin
Dans les bras de l'aurore.

De croire le bambin,
La tentation est grande.
Est-il un seul marin
Qui n'ait pas sa légende?

P. CORAN, *Herbes folles*, Éd.Cyclope.

La mer
La mer brille
comme une coquille;
on a envie de la pêcher.

La mer est verte,
la mer est grise,
elle est d'azur,
elle est d'argent et de dentelle

P. FORT

Écoute ce texte, ferme les yeux et imagine les couleurs de la mer.
Choisis la couleur que tu préfères et dessine la mer.

7. Cap sur les Antilles

TEXTE DIALOGUÉ

Nous sommes le 1er mai 1666. Je monte à bord du Saint-Jean. Un vieux marin au visage hâlé m'interpelle. L'anneau fixé à son oreille scintille au soleil.

— Comment vous appelez-vous ?
— Alexandre-Olivier Exmelin.
— Quel âge avez-vous ?
— Je viens d'avoir vingt ans.
Je lui tends mon contrat. Il vérifie sur sa liste.
— L'avez-vous signé de votre plein gré ?
— Oh oui !
La vivacité de ma réponse lui fait lever les yeux sur moi. Il sourit et reprend :
— Qu'emportez-vous dans vos bagages ?
— Quelques habits, des livres, mon matériel de chirurgie, des médicaments... et trois tonnelets d'eau-de-vie comme on me l'a conseillé.
— Vous êtes chirurgien? Il faut vous présenter au capitaine !
Je lui emboîte le pas. Il me faut attendre devant une porte et, quelques minutes plus tard, on me fait entrer dans la cabine. Un homme assis devant une table couverte de cartes lève les yeux sur moi. Il détaille mon habit et me dévisage lentement avant de m'adresser la parole :
— Je suis Vincent Tillaye, capitaine du Saint-Jean. Mon second me dit que vous êtes chirurgien. Vous m'avez l'air bien jeune...
— Et pourtant, Monsieur, voici deux ans que je suis assistant à Paris.
— Votre nom ne m'est pas inconnu. Avez-vous de la famille à Honfleur ?
— Certes oui, mon père y est apothicaire, et j'y ai vécu avant de partir faire mes études à Rouen.
J'ai parlé avec une assurance qui semble le toucher.
— Eh bien, Monsieur, soyez le bienvenu à mon bord, nous aurons peut-être recours à vos services...
Le lendemain, le navire appareille : cap sur les Antilles.

Thierry APRILE, *Sur les traces des pirates*,
Gallimard Jeunesse, 2003.

Le savais-tu ?

Plus que tout autre navigateur, les pirates étaient exposés au scorbut, maladie mortelle due à l'absence de vitamine C dans l'alimentation. Vers 1753, on établit que l'absorption de légumes verts et de fruits préservait de la maladie.

Les eaux des Antilles regorgent de tortues qui constituent pour les pirates une des rares sources de viande fraîche. À part la carapace (dont on fit très tôt des montures de lunettes alors que le plastique n'était pas encore inventé), tout se mange dans le gros animal, et ses œufs enterrés dans le sable au pied des cocotiers, sont très prisés.

Jeux de mains, jeux de malins

THÈME
5

S'intéresser à la question

Dans l'histoire qui va suivre, tu vas faire la connaissance de Basile. Il a ton âge et a déjà des gouts bien précis. Avant de lire cette histoire, pense à toi : précise ce que tu aimes. Après ta lecture, tu pourras comparer tes gouts à ceux de Basile.

Décris en quelques mots :

a) L'activité que tu préfères.
Ce que tu détestes faire.

b) Un objet précieux de ta chambre.
Ce que tu aimerais éliminer de ta chambre.

c) Le cadeau que tu aimerais recevoir.
Ce qui ne te ferait pas plaisir.

d) L'activité préférée de tes parents.
Ce que tes parents apprécient moins.

e) Le métier que tu aimerais exercer.
Ce que tu n'aimerais pas devenir.

f) Une activité pour laquelle tu penses avoir un don.
Ce pour quoi tu n'es apparemment pas trop doué.

1. Halte aux livres

TEXTE NARRATIF

1.1. Lis le récit

Ce que j'aime le plus au monde, c'est démonter les choses puis les remonter. C'est plus dur de les remonter que de les démonter. Je suis tranquillement en train de démonter la lampe du salon quand papa me dit :

— Arrête de t'agiter, Basile. Je ne me sens pas bien aujourd'hui.

Je lâche la lampe, mais comme j'ai déjà beaucoup avancé mes expériences électriques, l'abat-jour se penche sur le côté.

— Mais qu'est-ce que tu as fait Basile ? Tu as encore démonté une lampe ?

Papa lève sa tête enfouie sous des papiers recouverts de colonnes de chiffres.

J'essaie de remettre l'abat-jour tout droit, mais rien à faire, l'abat-jour penche un peu plus.

— Ça y est ! Il va falloir que je répare ce truc-là ! Mais pourquoi fais-tu toujours des bêtises ? Tu m'écoutes, Basile ?

Je regarde mes pieds. L'autre jour, quand j'avais démonté la radio, la voix de papa s'était transformée en cyclone et je le regardais droit dans les yeux. Papa m'avait expliqué que c'était une attitude insolente. Maintenant, je regarde mes pieds, mais ça ne va pas non plus.

— Tu sais que ça coute cher une lampe ?

— Oui, papa.

Je ne quitte pas des yeux mes chaussures. La semelle commence à se décoller.

— Écoute, Basile, j'ai un travail fou ce week-end et, en plus, je crois que j'ai attrapé froid. Alors, tu me laisses un moment et tu arrêtes de démonter la maison. Tu devrais lire un bon livre. Tu en as plein dans ta bibliothèque.

Un livre ! Toujours un livre ! J'étais sûr qu'il dirait ça ! Il n'y aurait rien d'agréable dans la vie à part les livres ? J'en ai assez des livres mais je ne dis rien. Je préfère disparaitre dans le couloir. […]

J'aime bien ma chambre. Sur mon bureau, il y a ma lampe, une grosse boule blanche, et l'abat-jour bleu posé à côté, et une petite caisse à outils que mon oncle Bernard m'a offerte à Noël, et une radio éventrée que j'ai déjà regardée pendant des heures. Je ne savais pas qu'à l'intérieur des radios, il y avait tellement de fils et de toutes les couleurs. C'est une idée extraordinaire de mettre des fils de plein de couleurs différentes à l'intérieur de la radio, des fils que personne n'a l'idée de voir, sauf moi, Basile. Je me suis demandé de quelles couleurs étaient les fils à l'intérieur de la télé mais je n'ai pas encore osé regarder. Il faudrait que la télé se casse. Alors, je pourrais demander qu'on m'en fasse cadeau.

Ce qui prend beaucoup de place dans ma chambre, c'est la bibliothèque. Je suis le garçon de sept ans et demi qui a le plus de livres au monde. Même les enfants de la maitresse n'ont pas autant de livres, même les enfants de la librairie. Tout le monde m'offre des livres. Papa et maman d'abord mais aussi papi et mamie et tous mes oncles et mes tantes, sauf mon oncle Bernard. Ils ne m'en offrent pas seulement à Noël ou à mon anniversaire, ça ferait déjà beaucoup, mais à n'importe quel moment. «Tiens, Basile, je t'ai apporté un petit cadeau. Devine ce que c'est ?»

Peuh, comment peuvent-ils croire qu'ils font une surprise quand ils me tendent un objet plat, dur et rectangulaire ? Parfois même, ils ne prennent pas la peine de l'envelopper de papier-cadeau. De toute façon, ça ne sert à rien. Je reconnais tout de suite un livre. Ce n'est jamais une surprise. Ce n'est jamais un cadeau. Je remercie, je suis obligé, ce ne serait pas gentil de ne pas dire merci, et je vais ranger le livre dans la bibliothèque.

Personne ne sait que je déteste les livres. Elle n'est même pas droite cette bibliothèque. Un jour, elle s'écroulera ! Mais les livres ne se casseront pas. Ça ne se casse pas les livres.

Je prends le premier livre de la bibliothèque et je le jette contre le mur. Le livre heurte le mur sans faire trop de bruit. Je le ramasse. Le livre n'a rien. À peine une légère égratignure. Je prends un deuxième livre et le jette plus fort en prenant la posture du lanceur de poids. Toujours rien.

À suivre…

5

Je prends un troisième livre, un plus gros, un album. L'album s'ouvre pendant son vol et s'aplatit sur le mur comme une grosse crêpe géante. Lorsque je le ramasse, je vois que l'album se porte encore très bien, qu'il vivra longtemps, qu'il peut rester sur cette bibliothèque pour l'éternité. «Éternité». Le mot résonne dans la chambre. On mourra tous mais pas les livres. Ils devraient construire des livres en matière d'assiette, ce serait mieux, vraiment mieux. J'aurais des piles de livres en porcelaine, des livres qui seraient tellement ébréchés que maman finirait bien par les jeter.

Elle est prête à jeter mes choses les plus précieuses : les piles usées, les bouts de ficelle, les canettes vides, et même les boites à chaussures, mais les livres, jamais ! Elle les recouvre de plastique, les recolle, panse les plaies avec du scotch qui a jauni. Certains ressemblent à de grands blessés condamnés, mais ils ne finiront jamais dans la poubelle.

Maman passe la tête dans ma chambre.
— Qu'est-ce que tu fais, Balou ? demande maman en bâillant.
— J'ai lu un livre.
Je mens mais ça fait tellement longtemps que je mens que ce n'est presque plus un mensonge.
— Ah bon, lequel ? demande maman.
Je jette un coup d'œil sur l'album que je viens d'aplatir contre le mur.
— L'histoire d'un loup qui se prend pour un chien.
— Ah ? C'est drôle !
Il n'y a rien de drôle, c'est bête, mais je ne dis rien. Maman est tellement fière de dire à tout le monde : «Basile adore les livres. Il les dévore !»
— Tu sais ce que tu devrais faire maintenant, Balou ?
— Non, je ne sais pas. J'ai rien à faire. J'ai tout lu déjà.
— Tu devrais ranger ta chambre. Non mais franchement, tu as vu cette chambre ?

Brigitte SMADJA, *Halte aux livres !*, Collection Mouche de poche, L'école des loisirs, 1993.

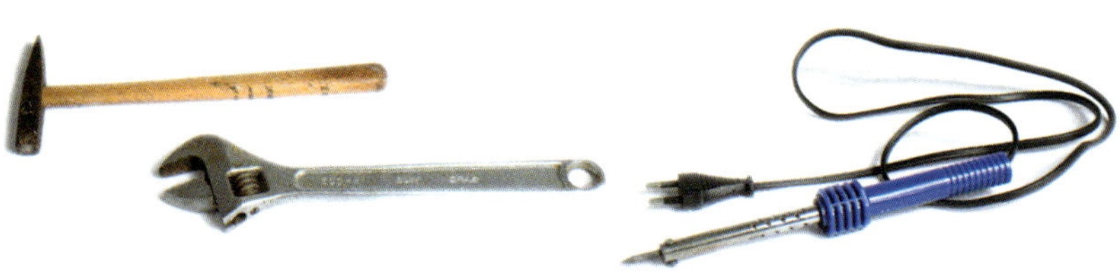

1.2. À discuter entre vous

a) Complète les phrases librement. Choisis celles qui te conviennent.

- J'ai aimé ce récit parce que...
- Je n'ai pas aimé cette histoire car ...
- Je crois ressembler à Basile. Comme lui...
- Je me sens différent(e) de Basile. Moi, Je...
- Je comprends Basile car ...
- Je ne suis pas d'accord avec Basile. Moi, je ...
- Si Basile était mon ami, je lui dirais...

Le savais-tu ?

En Belgique, les parents dépensent en moyenne, de 96,57 € à 254,59 € par enfant et par an en jeux de société et jeux électroniques !

b) Fais en équipe l'inventaire des plaisirs et des déplaisirs que vous trouvez dans la lecture.

c) Fais de même pour les activités manuelles que vous avez pratiquées. Des gouts et des expériences à partager.

Clin d'œil

Devinette

Toto dit à son père : Papa, finalement, je ne suis pas si nul que ça.

Mais non, Toto.

J'ai fait un puzzle en trois heures alors que sur la boite, c'est marqué de 4 à 7 ans !!!

2. Tistou les pouces verts

TEXTE NARRATIF

Découvre le récit

Tistou est un petit garçon très gentil qui vient d'être renvoyé de l'école. Il s'ennuyait et s'y était endormi. Son père a décidé de le confier au jardinier qui lui apprendra à connaître sur place les cailloux, les jardins, les champs.

Moustache allait d'une fleur à l'autre, s'inquiétait de la santé de chacune.

— Alors, la rose thé, toujours gamine ? On joue à garder des boutons en réserve pour les faire éclater quand personne ne s'y attend ? Et toi, le volubilis, tu te prends pour le roi de la montagne, à vouloir t'échapper vers le haut de mes châssis ! En voilà des façons !

Puis il se tourna vers Tistou et lui cria de loin :
— Alors, c'est pour aujourd'hui ou pour demain ?
— Ne vous impatientez pas, professeur ; je n'ai plus que trois pots à remplir, répondit Tistou.
Il se hâta de terminer et alla rejoindre Moustache à l'autre bout du jardin.
— Voilà, j'ai fini.
— Bon, nous allons voir ça, fit le jardinier.
Ils revinrent lentement, parce que Moustache en profitait, ici pour féliciter une grosse pivoine de sa bonne mine, là pour encourager un hortensia à devenir bleu… Soudain, ils s'immobilisèrent, ébahis, bouleversés, stupéfaits.

— Voyons, voyons, je ne rêve pas, dit Moustache en se frottant les yeux. Tu vois bien la même chose que moi ?
— Mais oui, Monsieur Moustache.
Le long des murs, là, à quelques pas, tous les pots remplis par Tistou avaient fleuri en cinq minutes !
Entendons-nous bien ; il ne s'agissait pas d'une floraison timide, de quelques pousses hésitantes et pâles. Non ! Dans chaque pot s'épanouissaient

de superbes bégonias, et tous ces bégonias alignés formaient un épais buisson rouge.

Ce n'est pas croyable, disait Moustache. Il faut au moins deux mois pour faire des bégonias comme ceux-ci !

Tistou demanda :

— Mais puisqu'on n'avait pas mis de graines, Monsieur Moustache, d'où viennent ces fleurs ?

Mystère… mystère… répondit Moustache.

Puis brusquement, il prit entre ses mains rugueuses les petites mains de Tistou, en disant :

— Montre-moi donc tes pouces !

Il examina attentivement les doigts de son élève, au-dessus, au-dessous, dans l'ombre et à la lumière. Enfin, après mûre réflexion, il dit :

— Mon garçon, il t'arrive une chose aussi surprenante qu'extraordinaire. Tu as les pouces verts.

— Verts ? s'écria Tistou, fort étonné. Moi je les vois roses, et même plus sales pour le moment. Ils ne sont pas verts.

— Bien sûr, bien sûr, tu ne peux pas les voir, reprit Moustache. Un pouce vert est invisible. Cela se passe sous la peau. Seul un spécialiste peut le découvrir. Or, je suis spécialiste et je t'affirme que tu as les pouces verts.

— À quoi ça sert, les pouces verts ?

— Ah ! C'est une qualité merveilleuse, répondit le jardinier !

Vois-tu, il y a des graines partout. Non seulement dans la terre, mais il y en a sur le toit des maisons, sur le rebord des fenêtres, sur les trottoirs, sur les palissades, sur les murs. Des milliers, des milliards de graines qui ne servent à rien. Elles sont là, elles attendent qu'un coup de vent les poussent vers un champ ou un jardin. Souvent, elles meurent, prises entre deux pierres, sans avoir pu se changer en fleurs. Mais si un pouce vert se pose sur une de ces graines, où qu'elle soit, la fleur pousse instantanément. Tes pouces ont découvert dans la terre des graines de bégonias, et tu vois le résultat. Crois-moi, je t'envie ; ça m'aurait été bien utile dans mon métier, d'avoir les pouces verts.

Tistou ne parut pas enchanté de la révélation.

— On va encore dire que je ne suis pas comme tout le monde, murmura-t-il.

Des mots expliqués

Ebahis : étonnés.

Hâta (se) : (infinitif : se hâter) : se dépêcha.

Instantanément : immédiatement

Palissade (une) : une barrière de planches.

Révélation (une) : une découverte, une nouvelle surprenante.

— Le mieux, répliqua Moustache, c'est de n'en parler à personne, que cela reste un secret entre nous.

Sur le cahier de notes que Tistou devait faire signer à la fin de chaque leçon, le jardinier Moustache écrivit simplement : « Ce garçon présente de bonnes dispositions pour le jardinage ».

MAURICE DRUON, *Tistou les pouces verts*, Plon, 1998.

Des mots expliqués

Bégonia (un) : fleur ci-contre.

Hortensia (un) : fleur ci-contre.

Rose thé (une) : fleur ci-contre.

Volubilis (un) : fleur ci-contre.

3. Le jeu «Pays-ville»

TEXTE INJONCTIF

Lis les règles, puis mets-les en pratique !

RÈGLES DU JEU

1. On peut jouer à plusieurs, et même à 25.
2. Sur une feuille de papier, chaque joueur trace 6 colonnes : 1 colonne arbres et arbustes, 1 colonne fleurs, 1 colonne fruits et légumes, 1 colonne animaux, 1 colonne métiers, 1 colonne pays ou villes ou régions.
3. On tire une lettre de l'alphabet au hasard.
4. On peut s'aider de son dictionnaire.
5. Il faut remplir chaque colonne avec des noms d'arbres, de fleurs, etc. commençant par la lettre tirée au hasard.
6. On peut écrire plusieurs noms dans chaque colonne.
7. Quand un joueur dit « Stop ! », tout le monde s'arrête d'écrire et on compte les points.
8. On marque 1 point pour chaque nom trouvé.
9. On enlève des points pour les colonnes restées vides :
   - pour une colonne vide : -1 point
   - pour 2 colonnes vides : -3 points
   - pour 3 colonnes vides : -5 points
   - pour 4 colonnes vides : -10 points
   - pour les mots qui ne conviennent pas et/ou écrits dans une colonne inadéquate : -1 point
10. On continue la partie en tirant une autre lettre.

Exemple : C'est la lettre L qui est tirée.

arbres et arbustes	fleurs	fruits ou légumes	animaux	métiers	pays, villes ou régions
	lavande	laitue	lama	luthier	Liban
	lilas		langouste		Londres
			léopard		Lyon
			lion		

Ce tableau, ainsi rempli, rapporterait 11 points puisqu'il donne 11 noms commençant par L. Mais on serait obligé d'enlever 1 point puisqu'une colonne est restée vide. Au total : 10 points.

4. Observer et réaliser une œuvre d'art

TEXTE INJONCTIF

4.1. Observe une œuvre de MESENS

Mesens est né à Bruxelles en 1903. Ses œuvres sont composées de collages dans lesquels il assemble des morceaux de textes imprimés, de cachets, de titres de journaux, de chiffres, de notes de musique.

L'œuvre que voici s'appelle « **Au bord des mots** ». Elle date de 1956 et est exposée aux Musées Royaux des Beaux-Arts de Belgique.

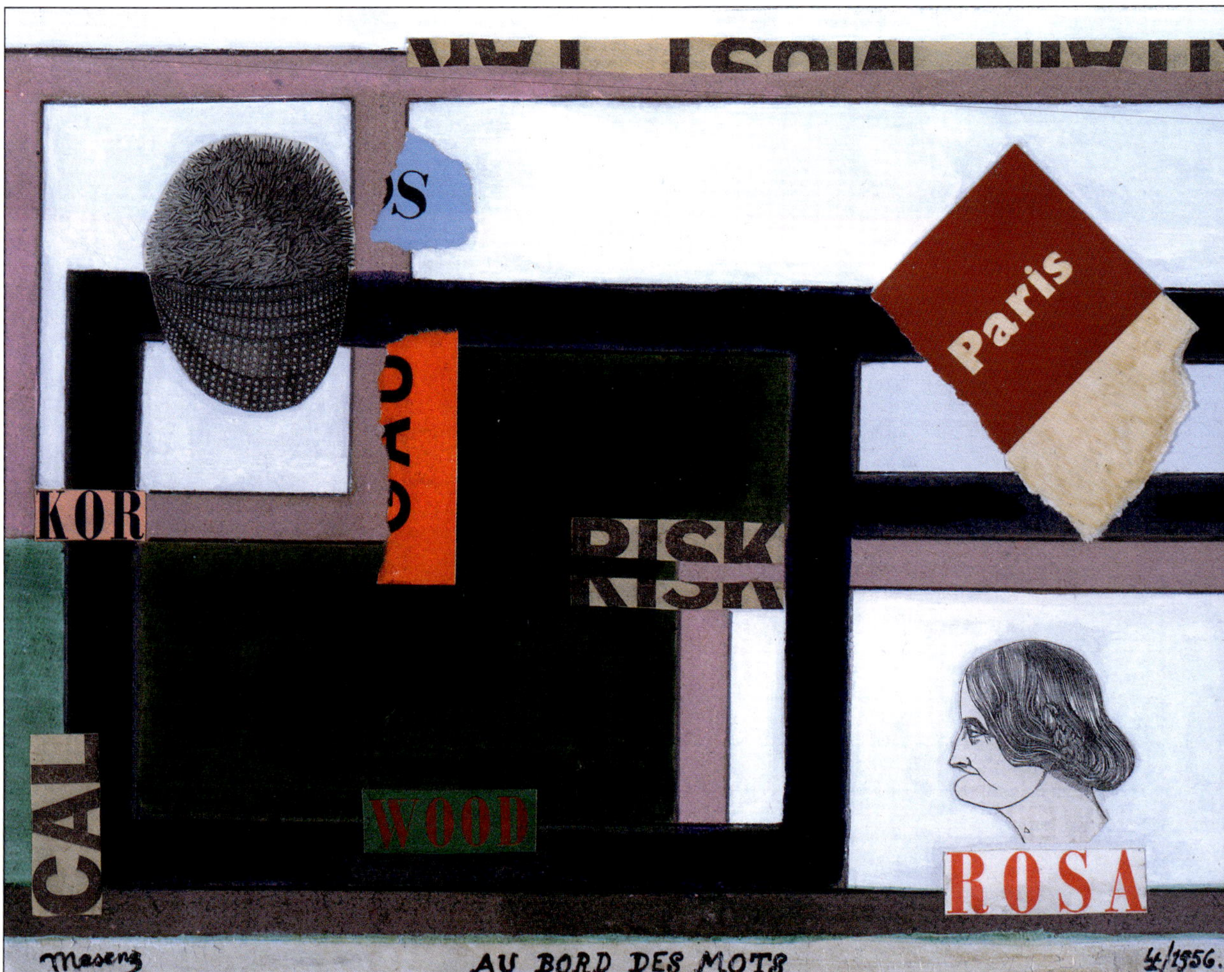

4.2. Imite l'artiste et crée ton œuvre d'art

Il te faut :

- des journaux, des revues
- des ciseaux
- de la colle
- du papier de couleur

Marche à suivre :

1. Découpe dans les journaux : des lettres, des chiffres, tout ce qui te passe par la tête.
2. Sur ta feuille de couleur, dispose tes découpages en les superposant. Réalise des assemblages selon ton imagination.
3. Quand tu es satisfait(e) du résultat, colle l'ensemble.

Pour appliquer une consigne

La boîte à astuces

Pour bien suivre une consigne, il ne suffit pas de la comprendre.
Il faut l'analyser pour éviter tout oubli ou erreur au moment d'agir.

1. LIS ATTENTIVEMENT LA CONSIGNE

Découpe des lettres, des chiffres.

2. REPÈRE LE MOT QUI T'IMPOSE UNE ACTION

Découpe

3. PRÉVOIS DES QUESTIONS POUR PRÉCISER L'ACTION

Découpe quoi ? combien ? quand ? où ? comment ? à quoi ?

4. RELIS LA CONSIGNE EN CHERCHANT DES RÉPONSES À CES QUESTIONS

Découpe quoi ? ➜ des lettres, des chiffres
où ? ➜ dans des journaux, des revues

5. REFORMULE LA CONSIGNE EN COMMENÇANT PAR JE DOIS

Pour réaliser mon œuvre d'art, je dois découper des lettres, des chiffres dans les journaux.

Exerce-toi

Analyse chacune des consignes en suivant la même méthode.

Des consignes pour produire de l'électricité statique

1. Gonfle les ballons puis attache-les ensemble avec une ficelle.
2. Frotte les ballons sur un pull de laine.
3. Soulève-les, ils s'éloignent l'un de l'autre.
4. Place une feuille entre les ballons ; ils se collent contre elle.

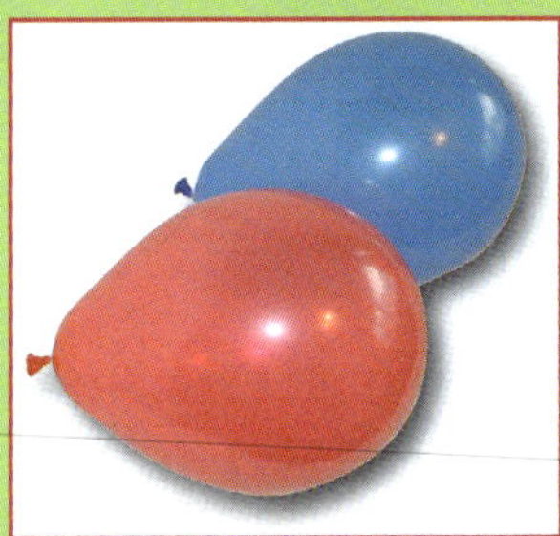

Recherche

Découvre dans ce livre ou ailleurs des textes contenant de nombreuses consignes.

5. Les jeux de société

TEXTE INFORMATIF

Découvre l'information

LES JEUX D'HIER ET D'AUJOURD'HUI

Enfants et adultes se sont toujours passionnés pour les jeux de société. Plusieurs jeux ont traversé les siècles : le jeu de l'oie, les cartes, les dominos, le jeu d'échecs ou encore les jeux de ballons et les billes.

Depuis quelques années déjà, ce sont les jeux électroniques qui ont envahi le marché du jouet. On joue aux dames ou aux échecs, seul devant son ordinateur. Mais le plaisir de jouer avec les autres, en famille ou entre amis, a-t-il disparu pour autant ? Les consommations diffèrent par pays : ainsi, les Japonais exigent des jouets électroniques, tandis que les Européens ont un penchant pour les jouets traditionnels et les petits Américains aiment surtout les jouets inspirés des feuilletons télévisés.

Les Européens sont aussi les premiers acheteurs de jouets au monde... et le marché des jeux et jouets ne cesse d'augmenter chaque année !

Aujourd'hui, à côté des classiques jeux de société, de nouveaux produits apparaissent ; c'est le cas des jouets musicaux : tables de mixage, enregistreurs, karaoké, mini baladeurs sont au rayon des nouveautés.

96 % des parents perçoivent le jeu comme outil d'éveil et de créativité ; il faut croire que les jeux de société ont encore de beaux jours devant eux et connaitront encore des générations de champions.

D'après H. LANDROIT,
Le Ligueur, 19/10/90.

Clin d'œil

Une charade

Mon premier est un métal précieux

Mon second est le verbe dire à la troisième personne du singulier

Les filles font mon troisième pour avoir les cheveux frisés

On lit mon quatrième sur une montre

On se sert de mon tout pour faire des jeux ou taper un texte.

Or Dit Nattes Heure → Ordinateur

6. Comment planter un arbre ?

TEXTE INFORMATIF

6.1. Découvre les consignes

On plante un arbre quand la végétation est au repos (octobre à fin mars). Il ne faut jamais planter, ni arroser en période de gel.

Même pour les petits arbres, un grand trou est nécessaire. Creusez-le de cinquante à quatre-vingts centimètres de côté sur soixante centimètres de profondeur. Au fond du trou, faites un petit tas de terre en forme de dôme (arrondi), posez l'arbre dessus, en étalant les racines tout autour.
À côté de l'arbre, enfoncez un tuteur (une tige de bois qui soutiendra le jeune arbre), qui sera tenu par de fines cordes serrées.

Comblez le trou en utilisant d'abord la terre extraite du fond, puis celle de la surface ; leurs compositions sont différentes. Piétinez la terre tout autour du tronc, en faisant une cuvette pour l'arrosage.

Une fois planté, votre arbre demande encore quelques soins : l'arrosage, mais aussi la taille qui s'effectue en hiver ; coupez les branches mortes et les gourmands (pousses verticales à la base du tronc). Aérez le sol de temps en temps, en le grattant avec une griffe sur la surface couverte par les branches.

Au printemps, mettez un peu d'engrais au pied de l'arbre, et mélangez-le à la terre.

Puis, prenez patience : pour les espèces les plus courantes, il faut de vingt-cinq à trente ans pour qu'un arbre devienne adulte.

E. NOSSERT, *Le guide des arbres*, Collection Kinkajou, Gallimard, 1973.

6.2. As-tu retenu des informations

a) Qu'est-ce qu'un tuteur ?
b) À quelle saison coupe-t-on les branches mortes ?
c) Quand faut-il mettre de l'engrais ?
d) Sur quelle surface faut-il aérer le sol ?
e) À quel moment de l'année plante-t-on des arbres ?

6.3. As-tu la main verte ?

Bien évidemment ta main n'est pas verte, ni même les pouces de Tistou ! En réalité, on dit des personnes qui aiment s'occuper des plantes et des fleurs et qui savent comment s'y prendre qu'elles ont la main verte. Et toi, as-tu la main ou les pouces verts ?

Fais le test

- J'aimerais me retrousser les manches et faire pousser des plantes moi-même.
- Je voudrais savoir de quoi les plantes ont besoin pour pouvoir bien pousser
- Je me demande comment les plantes poussent en dessous du sol.
- J'aime observer les plantes
- J'aimerais lire des articles sur la manière de soigner les plantes

Si tu as répondu oui à au moins 3 des 5 propositions, tu es bien parti(e) pour ressembler à Tistou !

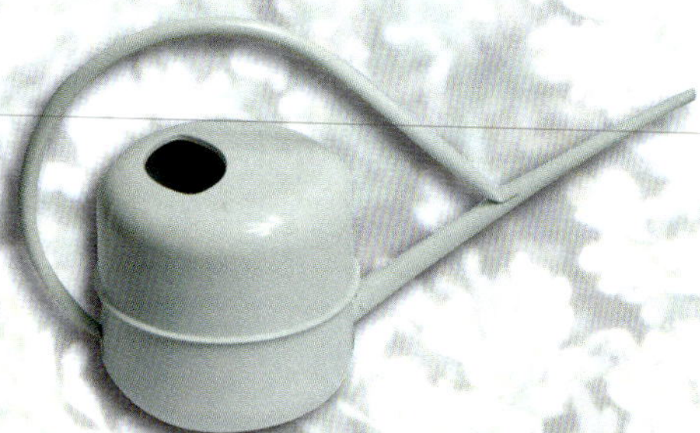

Le savais-tu ?

Avant de planter un arbre, il faut demander une autorisation à la commune.

Il faut laisser au moins 10 mètres entre un arbre et un mur, et entre deux arbres.

Adressez-vous à un pépiniériste pour obtenir un plant dont les racines sont nombreuses et fournies.

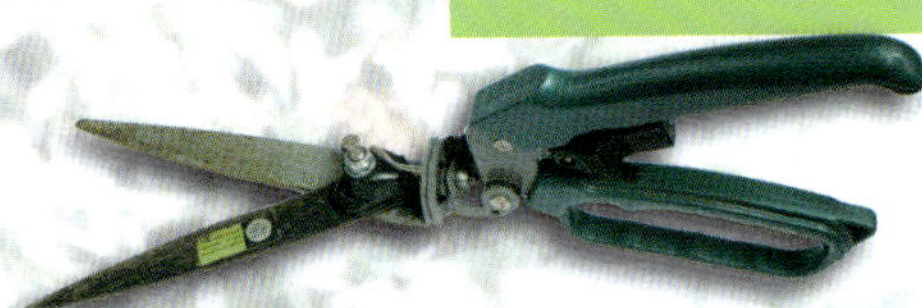

Clin d'œil

Une charade

Mon premier est sur le visage.

Mon deuxième n'est pas habillé.

Mon troisième guide les bateaux.

Mon tout est une plante qui pousse au bord des étangs.

Nez Nu Phare → nénuphar

Pas si bêtes, les animaux !

THÈME 6

S'intéresser à la question

Toi et les animaux

Aimes-tu les animaux ? En possèdes-tu ? Que t'apportent-ils ? Quels soins particuliers exigent-ils ?

Quel(s) zoo(s) ou parc(s) animaliers connais-tu ? Quels intérêts et inconvénients présentent-ils ? Quelles conditions doivent-ils remplir pour respecter les animaux ?

Connais-tu des associations de défense des animaux ? Lesquelles ?

Vois-tu une action que ton école ou ta classe pourrait mettre en œuvre dans le domaine de la protection des animaux ? (une campagne de sensibilisation pour qu'on n'abandonne pas les animaux au début des vacances, une charte qui rappelle la responsabilité de ceux qui adoptent un animal, …)

1. Que mangent les animaux ?

TEXTE INFORMATIF

1.1 Vérifie ce que tu sais déjà

a) Parmi les aliments que tu manges, lesquels sont d'origine végétale ? d'origine animale ?

b) Parmi les animaux que tu connais, lesquels se nourrissent surtout de végétaux ? d'animaux ?

c) À ton avis, qu'est-ce qui explique ces différences dans la façon de se nourrir des animaux ?

d) Comment appelle-t-on les animaux qui se nourrissent d'aliments d'origine végétale ?
Comment appelle-t-on les animaux qui se nourrissent d'aliments d'origine animale ?
Comment appelle-t-on les animaux qui se nourrissent d'aliments de plusieurs sortes ?

1.2 Informe-toi

La nourriture est essentielle pour tous les animaux, mais chacun cherche et mange les aliments qui lui conviennent. Que ce soit pour trouver ou pour dévorer, il faut que l'animal ait de bons outils.
Les pattes, les griffes, les dents et le bec sont donc adaptés au régime de l'animal.

Les animaux qui mangent des végétaux

Le lièvre se nourrit de fleurs et de bourgeons. Il est végétarien, comme tous les animaux qui se nourrissent des plantes de leur environnement. Les animaux **herbivores** broutent l'herbe. Les **nectarivores** aspirent le nectar des fleurs. Les **granivores**, eux, mangent des graines et des noix.Tous ces animaux végétariens n'ont pas à chasser pour se nourrir.

Ils n'ont donc pas les caractéristiques physiques des carnivores. Par contre, ils ont tout ce qu'il faut pour manger et digérer les végétaux qu'ils trouvent. La vache a des dents plates pour mâcher l'herbe. Les longues incisives du castor lui permettent de gruger l'écorce des arbres. Le perroquet a un bec très fort pour briser les noix. le papillon, lui, déroule sa trompe pour aspirer le nectar.

Les animaux qui mangent de la viande

Le lion se nourrit de la chair des bêtes qu'il chasse : il est carnivore. Comme lui, beaucoup d'autres animaux sont **carnivores**. Cependant, leurs menus peuvent être très différents. Par exemple, les **piscivores** mangent des poissons et les **insectivores** chassent des insectes. Les **charognards**, eux, préfèrent la chair en décomposition des animaux morts.

La plupart des carnivores sont des chasseurs habiles. Pour surprendre leur proie, ils doivent avoir une bonne vision, une ouïe sensible et un odorat très développé. Leurs griffes sont aiguisées, tout comme leur bec ou leurs dents.

Les carnivores repèrent d'abord leur victime pour ensuite l'attraper à leur façon. Par exemple, le pélican pêche avec son bec muni d'un sac. La grenouille saisit les insectes avec sa langue gluante. Quant au chat, il capture les souris dans sa gueule et utilise ses crocs pour déchirer la viande.

D'après *MEMO 3*, Graficor (Qc), 1996.

Les animaux qui mangent de tout

Le raton laveur a un menu varié. Il mange des noix, des fruits, des insectes et des grenouilles. Il adore aussi le maïs ! Il est à la fois carnivore et végétarien. On dit que le raton laveur est **omnivore** comme l'ours noir et la mouflette. Comme toi et moi...

Les omnivores ont quelques dents aiguisées tout en ayant des dents plates. Ils peuvent chasser, mais ils peuvent aussi manger tranquillement des fruits ou de l'herbe tendre.

Le savais-tu ?

Les papillons goûtent avec leurs pattes.

Le crocodile ne peut pas sortir sa langue.

Les éléphants sont les seuls animaux qui ne savent pas sauter.

Un escargot peut dormir durant trois ans.

Tous les ours polaires sont gauchers.

L'œil d'une autruche est plus grand que son cerveau.

C'est possible de faire monter des escaliers à une vache, mais c'est impossible de la faire redescendre.

2. L'œil du loup

TEXTE NARRATIF

2.1 Découvre le texte

Vous allez lire une longue histoire extraite d'un très beau livre. Pour vous permettre de bien comprendre, la lecture sera interrompue de temps à autre. Faites le point ensemble en veillant à ce que personne ne décroche.

Un jeune Africain s'intéresse à un loup. Des jours durant, il reste immobile devant le grillage du zoo où est enfermé Loup Bleu. L'animal semble malheureux. Il n'a qu'un œil. Dans sa pupille noire, bien au centre de son œil, défile la vie de Loup Bleu traqué par les chasseurs depuis sa naissance. Le jeune garçon découvre son histoire.

Voilà. Quand il se réveilla, il n'ouvrit qu'un œil. On ne l'avait pas tué. Sa fourrure avait été trop abimée dans la bataille pour être vendue. Alors ce fut le zoo. Enfin, les zoos. Il en fit cinq ou six, dans les dix années qui suivirent. Sol de ciment et toit de tôle. Sol de terre battue et ciel ouvert. Petites cages et gros barreaux. Enclos et grillages. La viande qu'on vous lance de loin. Les peintres du dimanche. Les enfants des hommes qui ont peur de vous. Les saisons qui passent... Tout seul. Parmi des animaux inconnus, eux aussi dans des cages... «L'Homme est un collectionneur». Il comprenait maintenant la phrase de Flamme Noire, sa mère.

Faire le point

1. Les chasseurs n'ont pas tué le loup. Pourquoi ? Mais il gardera des traces du combat. Lesquelles ?
2. Depuis combien de temps est-il un animal de zoo ?
3. Combien en a-t-il fréquentés ?
4. Qu'est-ce qui rend le loup triste, dans les zoos ?
5. Es-tu d'accord avec la phrase «L'Homme est un collectionneur» ?

Tout seul. Jusqu'au jour où on introduisit une louve dans sa cage. D'abord, Loup Bleu n'en fut pas trop content. Il avait pris l'habitude de la solitude. Il préférait ses souvenirs à une compagnie. La louve posait un tas de questions :

— Comment t'appelles-tu ?

Elle avait un pelage gris et un museau presque blanc.

— D'où viens-tu ?

Le bout de ses pattes aussi était blanc.

— Il y a longtemps qu'ils t'ont pris ?

— On dirait une perdrix des neiges, pensait Loup Bleu.

— D'accord, dit la louve, tais-toi si tu veux, mais je te préviens: dès que tu me poseras une question, moi j'y répondrai !

— Le genre de truc qu'aurait pu me dire Paillette, pensa Loup Bleu.

Alors, il demanda :

— Et toi, d'où viens-tu ?

— Du Grand Nord.

— C'est grand, le Grand Nord...

— Je viens des Barren Lands, dans l'Arctique.

Faire le point

1. Loup Bleu est-il heureux à l'arrivée de la louve ? Pourquoi ?
2. Pourquoi la compare-t-il à une perdrix des neiges ?
3. Loup Bleu répond-il aux questions ? Pourquoi ?
4. D'ou vient la louve ?
5. Comment imagines-tu le Grand Nord et l'Arctique ?

Loup Bleu cessa de respirer. Les «Barren Lands» ? C'est ainsi que les hommes appelaient la terre où ils l'avaient capturé. Il entendit nettement son cœur battre dans sa poitrine.

— Les Barren Lands ? Dis-moi, est-ce que tu connais...

— Je connais tout le monde là-bas !

— Une petite louve à la fourrure d'or, tu connais ?

— Paillette ? La fille de Flamme Noire et de Grand Loup ? Bien sûr que je la connais ! Mais d'abord, ce n'est pas une petite louve, elle est immense. Plus grande que les plus grands loups. Et ensuite, elle n'a pas de fourrure d'or...

— Pas de fourrure d'or, qu'est-ce que c'est que cette histoire ?

— Ce n'est pas une histoire, je ne mens jamais. Elle avait une fourrure d'or, c'est vrai. Elle ne l'a plus. Elle s'est éteinte.

— Eteinte ?

— Parfaitement. Une nuit, elle est partie avec un des ses frères, personne

n'a jamais su pour où, et, le matin, elle est revenue seule ? Sa fourrure était éteinte. Elle ne brillait plus au soleil. Jaune paille ! On dit qu'elle porte le deuil.

— On dit ça ?

— On dit des tas de choses sur elle. Et tout ce qu'on dit est vrai, je la connais bien. On dit que les loups n'ont jamais eu de meilleur chasseur, c'est vrai ! On dit que ni elle, ni les siens ne se feront jamais attraper par les hommes, c'est vrai !

— Qu'est-ce que tu en sais ? demanda Loup Bleu qui sentait une grosse boule de fierté gonfler dans sa poitrine.

Faire le point

1. Qu'ont en commun le loup et cette louve ?
2. Qui est Paillette ? Justifie ta réponse par un passage du texte.
3. Pourquoi sa fourrure s'est-elle éteinte, un jour ?
4. Quelle est la principale qualité de Paillette ?
5. Pourquoi Loup Bleu est-il fier d'entendre raconter les exploits de Paillette ?

Alors, Perdrix raconta.

C'était en été. Trois familles de loups s'étaient rassemblées autour d'un étang où les canards pullulaient. Parmi elles, la famille de Paillette et celle de Perdrix. Tous à l'affut. Silencieux. Quand tout à coup, «flop, flop, flop», un battement de l'air au-dessus d'eux qu'ils reconnaissent tous. L'hélicoptère! (Oui, ils se sont mis à nous chasser avec des hélicoptères maintenant!) Et, bang! bang! les premiers coups de feu. Panique générale! Les loups s'enfuyaient de tous côtés, comme s'ils étaient dispersés par le vent des hélices. Heureusement, les chasseurs tiraient mal. C'étaient des amateurs, qui chassent pour se distraire. Du coup, voilà l'hélicoptère qui descend, de plus en plus près. L'herbe se couchait sous lui. Mais dans l'herbe, justement, il y avait Paillette, impossible à repérer, la même couleur, exactement ! Et tout à coup, un bond : hop! la jambe du pilote : clac! l'hélicoptère qui remonte, qui fait une drôle de pirouette, et plouf! au milieu de l'étang!

— Et ensuite?

Bon, alors voilà l'hélicoptère au milieu de l'étang, les hommes parmi les canards (furieux, les canards !) et les loups assis tout autour, sur la rive, à rire, rire... une rigolade, tu ne peux pas imaginer! Il n'y avait que Paillette qui ne riait pas.

— Elle ne riait pas?

À suivre...

— Non, elle ne rit jamais.»

Faire le point

1. Les trois familles de loups sont à l'affut. De quoi ?
2. Pourquoi Paillette est-elle impossible à repérer, dans l'herbe ?
3. Qui sont ces chasseurs en hélicoptère ?
4. Comment se termine l'épisode, pour les hommes ?
5. Qu'apprends-tu de plus sur le caractère de Paillette ?

Voilà. Ce fut après cette conversation que Loup Bleu accepta la compagnie de Perdrix. Elle était gaie. Ils échangèrent leurs souvenirs. Les années passèrent. La semaine dernière, Perdrix est morte. C'est ainsi qu'on arrive au présent. À ce moment présent, justement, où Loup Bleu est assis dans son enclos vide. Assis en face de ce garçon.

Œil dans l'œil, tous les deux. Avec le grondement de la ville en guise de silence. Depuis combien de temps se regardent-ils ainsi, ce garçon et ce loup ? Le garçon a vu le soleil se coucher bien des fois dans l'œil du loup. Non pas le froid soleil de l'Alaska (celui-là, avec sa lumière si pâle, on ne sait jamais s'il se couche ou s'il se lève...) non, le soleil d'ici, le soleil du zoo qui disparait chaque soir quand les visiteurs s'en vont. La nuit tombe alors dans l'œil du loup. Elle brouille d'abord les couleurs, puis elle efface les images. Et la paupière du loup glisse enfin sur cet œil qui s'éteint. Le loup reste là, assis en face du garçon, bien droit.
Mais il s'est endormi.

Alors le garçon quitte le zoo, sur la pointe des pieds, comme on sort d'une chambre.
Mais, tous les matins, lorsque Flamme Noire, Cousin Gris, les Rouquins (ses cinq frères), Paillette (sa jeune sœur) et Perdrix se réveillent dans l'œil du loup, le garçon est là, debout devant l'enclos, immobile, attentif.
— Bientôt tu sauras tout de moi.
Le loup rassemble maintenant ses plus petits souvenirs : tous ces jardins zoologiques, tous ces animaux de rencontre, prisonniers comme lui, si tristes, tous ces visages d'hommes qu'il faisait semblant de ne pas regarder, pas très gais, eux non plus, les nuages des saisons qui passent, la dernière feuille de son arbre qui tombe, le dernier regard de Perdrix, le jour où il décida de ne plus toucher à sa viande.

Faire le point

1. Loup Bleu est à nouveau seul. pourquoi ?
2. Qui lui tient compagnie, jour après jour ?
3. Comment communiquent le loup et le garçon ?
4. Comment découvres-tu la tristesse du loup en cage ?
5. Quels sont les «petits» souvenirs du loup ? Quels sont ses «grands» souvenirs à ton avis ?

Jusqu'à ce moment précis où se présente le tout dernier souvenir de loup Bleu.

C'est l'arrivée de ce garçon, justement, devant son enclos, un matin, au début de l'hiver.

— Oui, mon dernier souvenir, c'est toi.

C'est vrai. Le garçon voit sa propre image apparaitre dans l'œil du loup.

— Ce que tu as pu m'agacer au début !

Le garçon se voit, debout dans cet œil tout rond, immobile comme un arbre gelé.

— Je me disais: qu'est-ce qu'il me veut ? N'a jamais vu de loup ou quoi ?

La respiration du garçon fait de la buée blanche dans l'œil du loup.

— Je me disais: il se lassera avant moi, je suis plus patient que lui, je suis le loup !

Mais dans l'œil du loup, le garçon n'a pas l'air de vouloir s'en aller.

— J'étais furieux, tu sais !

En effet, la pupille du loup se rétrécit et s'élance comme une flamme autour de l'image du garçon.

— Et puis tu as fermé ton œil. Vraiment gentil ça...

Tout est calme, maintenant. Il se met à neiger doucement sur ce loup et sur ce garçon. Les derniers flocons de l'hiver.

— Mais toi, toi ? Qui es-tu, toi ? Hein ? Qui es-tu ? Et d'abord, comment t'appelle-t-on ?

D. PENNAC, *L'œil du loup*, Nathan, 1994.

Achever de faire le point

1. Depuis quand le garçon rend-il visite au loup ?
2. Ces visites font-elles plaisir au loup, au début ?
3. Quel geste du garçon a «apprivoisé» le loup-? Pourquoi ?
4. Que sais-tu du garçon-? Et le loup, qu'en sait-il ?
5. Quelle qualité reconnais-tu au garçon ?

2.2. Toi et le texte

a) Qu'as-tu apprécié dans cette histoire ?
b) Quels éléments du récit retrouves-tu dans l'illustration qui accompagne le texte ?
c) Choisis un bref passage qui te plait. Recopie-le dans ton album personnel. Illustre-le selon ce qu'il t'inspire.

2.3. Participe à une lecture vivante

Chaque équipe de trois élèves s'attribue une partie du texte et en prépare une lecture pleine de vie et d'émotion à présenter ensuite devant la classe. Consultez pour vous aider la boîte à astuces ci-après, elle vous donnera des conseils utiles.

La boite à astuces

Pour retrouver les voix d'un récit

Tu aimais et tu aimes encore qu'on te lise des histoires en adoptant pour chaque personnage une voix différente.

Bien lire, c'est découvrir dans le texte toutes les voix qu'il renferme. Tes yeux doivent libérer l'histoire qui est prisonnière des mots. Alors, la lecture devient plaisir.

Si en plus, tu es capable de mettre l'histoire dans ta voix, tu feras d'autres heureux.

1. CHERCHE QUI PARLE

Chaque phrase est prononcée par quelqu'un. Par qui ? J'essaie de comprendre.

a. Qui raconte l'histoire

- *un conteur ?* — Il était une fois une petite fille …
- *un personnage ?* — Quand j'étais petit enfant…

b. Qui prend la parole durant l'histoire

- *Je cherche les indices de prise de parole*
- *Je veux savoir si c'est : un homme, une femme, un enfant, … ?*
- *À qui parle-t-il (elle) ?*

Alors le loup s'approcha : «Bonjour. Où vas-tu de si grand matin-?» La petite n'était pas méfiante : « Je vais chez ma grand-mère» répondit-elle.

2. CHERCHE LE TON

J'essaie de comprendre chaque parole.

a. Est-ce une parole qui explique, répond, décrit, raconte ?

Elle avait préparé quelques délicieuses galettes dont grand-mère était friande.

b. Est-ce une question qui attend une réponse ?

«Veux-tu jouer avec moi ?»

c. Est-ce un ordre, un conseil, une invitation, une interdiction, une consigne … qui dit ce qu'il faut faire

«Tire la chevillette !»

3. CHERCHE L'ÉMOTION

Je cherche l'ambiance, le sentiment de chaque voix. Qu'exprime-t-elle ? La joie ? la peur ? la surprise ? le calme ? …

Mère-grand ! Comme tu as de grandes oreilles !

Comment la grue a appris à voler au renard

Le renard est rusé depuis toujours. C'est bien connu. Mais il ne parvient pas à tromper tout le monde. C'est surtout les oiseaux qu'il ne porte pas dans son cœur, car d'un coup d'aile, ils échappent à sa gueule gourmande et se retrouvent en sécurité.

Un jour, il se dit qu'il lui fallait apprendre à voler pour que les oiseaux ne lui échappent plus. Il chercha un professeur de vol.

Cette année-là, l'hiver avait été rude, et au printemps, quand la grue revint des pays chauds, il restait une épaisse couche de neige sur le sol. Même avec son long bec, elle ne parvenait pas à piquer de quoi manger à sa faim. Elle était toute affaiblie lorsqu'elle rencontra le renard.

— Tu sembles n'avoir rien à te mettre dans le bec. Je vais te nourrir tant que la neige n'aura pas disparu et toi, en revanche, tu m'apprendras à voler. La grue accepta.

Mais le renard n'aurait pas été lui-même s'il n'avait voulu jouer un mauvais tour. Il fit mijoter un potage odorant qui faisait venir l'eau au bec de la grue. Mais il apporta pour eux deux une assiette plate et avant que la grue n'ait eu le temps d'en aspirer quelques gouttes, lui avait tout avalé, seul !

La grue avait compris à qui elle avait à faire, mais elle garda ses réflexions pour elle.

Quand le soleil eut fait fondre la neige, elle dit au renard :

— Il est temps que je te rende la pareille, puisque tu t'es bien occupé de moi, monte sur mon dos, nous allons voler.

Le renard grimpa tout joyeux sur le dos de la grue avec, cependant, une petite crainte :

— Je ne risque pas de tomber de cette hauteur ?

— Tu ne tomberas pas, ne crains rien, puisque je vais t'apprendre à voler.

Elle déploya ses ailes, et les voilà dans les airs, bien haut dans le ciel.

Alors, la grue tourna la tête et dit à son cavalier :

— Maintenant, tu vas certainement voler tout seul, comme tu as mangé seul la soupe que tu avais préparée pour moi.

Avec un grand éclat de rire, elle jeta d'un coup de reins, compère le renard à bas de son dos et s'envola à tire d'ailes.

Mais le renard ne vola pas, et tomba comme une pierre dans un trou profond de la rivière. Il lui fallut un bon moment avant de s'en sortir.

Fou de colère, tout trempé et tout éclaboussé, il chercha du regard la grue.

Mais où était-elle ? Sans doute dans un autre conte !

D'après *Contes scandinaves*, Légendes et contes de tous les pays, Gründ, 1973.

Le renard et la cigogne

Compère le renard fit un jour le projet,
De retenir à diner commère la cigogne.
Le régal fut petit, et sans beaucoup de frais ;
Le renard pour toute besogne
Avait une soupe claire (il vivait chichement).
Cette soupe fut servie sur une assiette :
La cigogne au long bec n'en put rien attraper,
Mais le renard eut lapé le tout en un moment.
Pour se venger de cette tromperie,
Un peu plus tard, la cigogne l'invite chez elle.
«Volontiers, lui dit-il, car avec mes amis
Je ne fais point difficultés»
A l'heure dite, il courut au logis
De la cigogne, son hôtesse
Loua très fort la politesse, trouva le diner cuit à point.
Bon appétit surtout ; les renards n'en manquent point.
Il se réjouissait à l'odeur de la viande
Coupée en petits morceaux, et si appétissante.
On servit le repas, pour l'embarrasser,
En un vase à long col, et d'étroite embouchure.
Le bec de la cigogne y pouvait bien passer,
Mais le museau du renard était d'autre mesure.
Il lui fallut à jeun retourner chez lui,
Honteux comme un renard qu'une poule aurait pris,
Serrant la queue, et portant bas l'oreille.
Trompeurs, c'est pour vous que j'écris,
Attendez-vous à la pareille.

D'après Jean de LA FONTAINE, *Les fables*, Marabout, 1996.

Clin d'œil

Qu'est-ce qui a trois bosses ? Un chameau qui s'est cogné !

Qu'est-ce qui fait ZZB ZZB ZZB ? Une abeille qui marche à reculons !

4. Une fiche d'identité

TEXTE INFORMATIF

FICHE TECHNIQUE

DIMENSIONS
Longueur du corps : 23 - 30 cm
Longueur de la queue : 19,5 - 25 cm
Poids : 350 - 800 g

REPRODUCTION
Maturité sexuelle : à 11 mois
Gestation : 44 jours environ
Portée : normalement 3 jeunes, mais jusqu'à 9. Deux portées par an possibles, une en mars-avril, l'autre en juin-juillet.

MODE DE VIE
Mœurs : arboricole, bien qu'il passe beaucoup de temps au sol.
Régime : graines d'arbres
Cris : jacassements ou cris perçants
Longévité : jusqu'à 4 ans

ESPÈCES PROCHES
Il y a 28 espèces d'écureuils du genre Sciurus dont l'écureuil roux d'Europe, espèce différente de l'écureuil roux d'Amérique du Nord.

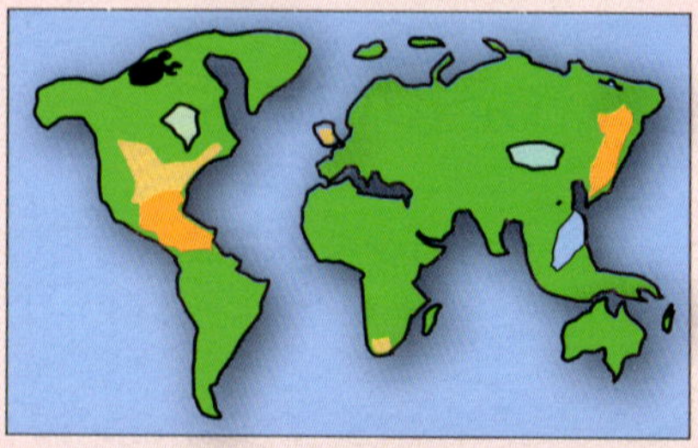

■ **Aire de répartition de l'écureuil gris**

RÉPARTITION
Originaire d'Amérique du Nord. Introduit en Grande-Bretagne, en Irlande et en Afrique du Sud.

PROTECTION
L'espèce n'est pas en danger. En Amérique du Nord, il est souvent la cible des chasseurs, et en Grande-Bretagne, on le piège ou l'empoisonne pour contrôler les populations dans les zones de reboisement.

LES ACROBATIES DE L'ÉCUREUIL GRIS

Les écureuils ont des pattes postérieures longues et musclées et des pattes antérieures courtes pour pouvoir sauter. Afin d'assurer sa descente le long des troncs tête la première, les pieds postérieurs sont à double articulation.

La queue, épaisse et touffue, sert de balancier dans les hautes branches.

Le pied antérieur porte quatre orteils minces terminés par une griffe acérée qui lui permet d'agripper l'écorce en grimpant.

Le pied postérieur est plus long que le pied antérieur et porte cinq orteils griffus.

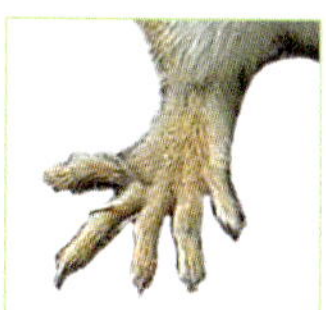

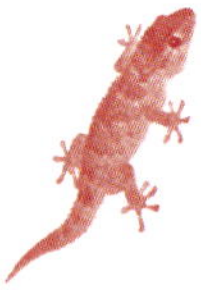

5. Les animaux et les poètes

TEXTE POÉTIQUE

5.1 Enrichis ton vocabulaire

Nommer les chants d'oiseaux

Chaque bête a son cri, tout oiseau a son chant
Singulier, différent, qui n'appartient qu'à lui.

Sais-tu que l'alouette tirelire et turlute,
Que la caille courcaille et, d'autres fois, margotte ?

La cigogne craquette et le coq coquerique,
C'est ainsi que l'on dit quand ces deux-là s'expliquent.

La corneille, elle, craille, ou bien elle babille,
Comme une enfant qui joue avec son ours, ses billes.

La chouette ulule et le hibou bubule :
Écoute dans la nuit leurs sons qui font des bulles.

Lorsque la pie jacasse, alors la poule glousse.
En cherchant le poulet qui piaule dans la mousse.

La cigale stridule et le coucou coucoule,
Non loin, le geai cajole et la huppe pupule.
Puis l'hirondelle trisse. Allons, ne sois pas triste :
La même qui s'en va au printemps reviendra.

Marc Alyn, *L'arche enchantée*, Éd. Ouvrières, 1989.

Clin d'œil

Un lion dit à un autre :
— Tu es beau aujourd'hui !
L'autre lui répond :
—Arrête, tu vas me faire rugir !

5.2 Découvre quelques expressions qui nous comparent aux animaux

Lieux communs

Une taille de guêpe,
Un appétit d'oiseau,
Un oiseau sur la branche,
Bavard comme une pie,
Jaloux comme un coucou,
Noir comme un corbeau,
Et lisse comme un œuf.

Un cou de taureau,
Un œil de lynx,
Une faim de loup,
Un loup blanc têtu,
Comme un âne rouge,
Un âne, l'âme en peine
Qui joue avec le feu.

Ah! sur quel pied danser
Quand les mots font la fête
Et les quatre cents coups
Par les quatre chemins
De l'ange et de la bête,
À bouche que veux-tu
Et à dormir debout ?

Marc Alyn, *L'arche enchantée*, Éd. Ouvrières, 1989.

6. Chanter : « La licorne »

TEXTE POÉTIQUE

La licorne

Paroles françaises :
J. BROUSSOLLE

Version originale :
S. SILVERSTEIN

2. Quand il vit les pécheurs faire leurs premiers péchés,
Dieu se mit en colère et appela Noé
"Mon bon vieux Noé,
je vais noyer la terre
Construis-moi un grand bateau pour flotter sur l'eau !"

Mets-y des gros crocodiles,
Des orangs-outangs
Des affreux reptiles
Et des beaux moutons blancs
Des chats, des rats, des éléphants,
Et n'oublie personne
N'oublie pas la mignonne,
Ma jolie licorne

3. Quand son bateau fut prêt à affronter les flots
Noé y fit monter les animaux deux par deux
Et déjà la pluie commençait à tomber
Quand il criait: "Seigneur, j'ai fait pour le mieux !"

J'ai mis des gros crocodiles,
Des orangs-outangs
Des affreux reptiles
Et des beaux moutons blancs
Des chats, des rats, des éléphants,
Il n'y manque personne
À part les deux mignonnes,
Les jolies licornes

Manger pour vivre

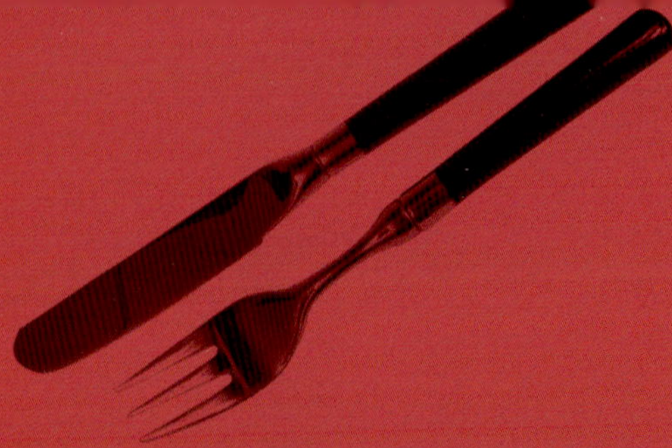

THÈME 7

S'intéresser à la question

Quelles sont tes préférences alimentaires ? Manges-tu sainement ?

Pour le savoir, fais ce test en choisissant une réponse par question (Écris les réponses sur une feuille séparée).
Additionne ensuite tes points à l'aide du tableau ci-après, puis vérifie à quelle catégorie de mangeur tu appartiens.

1. Mon petit déjeuner préféré:
- a. Un verre de jus de fruits.
- b. Une tartine de choco et une boisson pétillante.
- c. Des céréales et du lait.
- d. Je préfère dormir une heure de plus et sauter le petit déjeuner.

2. Mes tartines
- a. Je n'aime que le pain blanc, de préférence sans les croûtes.
- b. Du pain gris, c'est ce qu'il y a de meilleur.
- c. Du pain, impossible à avaler !
- d. Je mange au moins 3 tartines par jour.

3. Sur mes tartines

a. Du thon mayonnaise, du poulet curry, du filet américain, ...
b. Du choco.
c. De la charcuterie, du fromage, des œufs.
d. J'adore un fruit avec mes tartines.

4. Mes boissons préférées

a. Jamais d'eau, c'est pour les poissons.
b. Du coca, de l'orangeade, des boissons sucrées et pétillantes.
c. Du lait.
d. De l'eau ou des jus de fruits.

5. Mes heures de repas ?

a. Trois repas par jour à heures fixes.
b. Je mange quand j'ai faim.
c. J'ai besoin de collations à 10h et à 16h.
d. Pas besoin de cuisiner pour moi, je vais au fast-food.

6. Les légumes et moi

a. Beurk.
b. Je mange de la compote, c'est aussi bien que les légumes.
c. Moi, j'aime tous les légumes : haricots, tomates, carottes,...
d. Je mange surtout des frites : la pomme de terre est un légume,non ?

7. Les fruits que j'aime

a. Au moins un par jour.
b. J'aime les fruits en massepain, c'est tout.
c. Les fruits? C'est ma collation préférée.
d. En été oui, mais pas en hiver.

8. Viande ou poisson ?

a. Les deux sont délicieux.
b. La viande ? Je n'aime que la sauce.
c. La viande, j'ai horreur de ça !
d. Je mange du poisson deux fois par semaine.

9. Les pommes de terre comme je les aime

a. Des frites avec de la mayonnaise.
b. Pâtes, riz, pommes de terre : un peu de tout.
c. Pas de repas sans pommes de terre.
d. Je déteste, sauf en croquettes ou purée.

10. Mes desserts de prédilection

a. Un gigantesque chou à la crème
b. Une glace aux fruits frais.
c. Du pudding au chocolat, de la crème vanille, du flan caramel, ...
d. Un yaourt.

11. Ce que je grignote

a. Je rêve de gagner mon poids en chocolat.
b. Un grand sachet de chips.
c. Biscuits, gâteaux, tartes... un peu de tout.
d. Je préfère les fruits.

12. Mes repas se passent...

a. Devant la télé, évidemment.
b. A table, avec un jeu électronique ou un bouquin.
c. En faisant autre chose pour ne pas perdre de temps.
d. À table, en famille.

13. Je prends le temps ?

a. Je mange quand j'ai le temps.
b. J'aime manger tranquillement.
c. J'avale mon repas le plus vite possible.
d. Je mange lentement, je suis toujours dernier(ère) à table.

14. Et le sport ?

a. Mes doigts s'entrainent sur mon ordinateur.
b. Au moins une fois par semaine.
c. Je suis en bonne voie pour devenir champion dans mon sport préféré.
d. Mon sport préféré, c'est regarder la télé.

15. Mes habitudes

a. Je grignote souvent devant la télé.
b. Si j'ai faim entre les repas ? Je mange un fruit.
c. J'ai toujours des bonbons en poche.
d. Un jour sans chocolat, moi je ne peux pas !

Questions	A	B	C	D
1	1	1	3	0
2	1	3	0	3
3	1	1	3	3
4	0	0	3	3
5	3	0	1	0
6	0	0	3	0
7	3	0	3	1
8	3	1	3	0
9	0	3	3	0
10	1	3	2	3
11	0	0	0	3
12	0	0	0	3
13	0	3	0	3
14	0	3	3	0
15	0	3	0	0

De 0 à 14 points : Tu ne penses qu'à te goinfrer !
Tu as des habitudes alimentaires épouvantables! Si tu continues, tu finiras par ressembler à un éléphant ! Surveille ton alimentation et fais un peu plus de sport...

De 15 à 24 points : Tu es complètement accro au sucre !
Tu sais ce qui est bon mais pas vraiment pour ta santé. Il serait bien de diminuer les sucreries et d'opter pour les légumes et les fruits...

De 25 à 34 points : Tu es sur le bon chemin...
Tu as quelques bonnes habitudes alimentaires. Mais tu te laisses parfois aller à quelques grignotages pas très sains; encore quelques petits efforts... courage !

De 35 à 45 points : Tu es un as de l'alimentation saine.
Magnifiques résultats! Tu sais ce qui est bon pour ta santé. Continue comme ça !

1. L'alimentation et les poètes

TEXTE POÉTIQUE

1.1. Lis ces poésies avec expression

L'estomac dans les talons

J'ai l'estomac dans les talons
Je mangerais bien trois saucissons,
Et quelques sandwichs au jambon,
Sans oublier les cornichons.

J'ai l'estomac dans les doigts de pied,
Je boirais bien de l'eau sucrée,
Et quelques tasses de café
Sans oublier un petit thé.

J'ai peut-être un peu abusé
Je suis malade, j'me sens pas bien
J'ai plus qu'à aller me coucher
On se reverra demain matin.

Pas d'omelettes sans casser des œufs

On ne fait pas d'omelettes
Sans casser des œufs.
On ne fait pas d'allumettes
Sans éclater du bois.
On ne fait pas de baguettes
Sans écraser du blé.
On ne fait pas de couettes
Sans déchirer des plumes.
Ni même de galipettes
Sans se briser le dos.

On n'est pas non plus poète
Sans se casser la tête!

Michel BOUCHER, *Manger comme un ogre*, Actes Sud Junior, 2000.

1.2. Observe les poèmes

a) Quel sentiment évoque la première poésie?
b) Quelle leçon tirer du deuxième texte?
c) Comment s'appelle chaque ligne d'un poème?
d) Les mots riment-ils de la même façon dans les deux textes?
e) Combien de syllabes compte chaque vers?

1.3. Découvre des expressions

Que signifient ces expressions? Introduis-les dans une phrase ou invente une situation qui les explique.

Avoir l'estomac dans les talons. Avoir une faim de loup. Rester sur sa faim. Avoir un appétit de moineau. Avoir les yeux plus grands que le ventre.	On ne fait pas d'omelettes sans casser des œufs. Marcher sur des œufs. Qui vole un œuf, vole un bœuf. Manger de la vache enragée. Ne pas être dans son assiette.

2. Une recette de cuisine

TEXTE INJONCTIF

2.1. Lis cette recette. Te donne-t-elle l'envie de la réaliser ?

Truffes au chocolat

Ingrédients :

125 g de chocolat
75g de beurre
25 g de chocolat râpé
1 jaune d'oeuf
2 cuillers à soupe d'eau
1 cuiller à soupe de café (liquide)
des papillotes en papier

1. Coupe le chocolat en petits morceaux et fais-le fondre avec l'eau.

2. Mélange bien pour obtenir une pâte épaisse.

3. Retire la casserole du feu et laisse refroidir.

4. Ajoute le jaune d'oeuf, le café et le beurre (que tu as fait fondre au bain-marie).

5. Fais durcir le tout au frigo pendant 30 min.

6. Forme des petites boules et roule-les dans le chocolat râpé.

7. Dépose chaque truffe dans une papillote en papier.

8. Régale tes amis !

2.2. Les éléments d'une recette

a) Une recette comporte au moins trois renseignements. Retrouve-les ici.

b) Quels autres renseignements trouve-t-on parfois ?

c) Relis la recette en mettant les verbes à l'infinitif : Couper...

d) L'ordre de ces opérations est-il important ?

e) De quels outils devras-tu disposer pour réaliser cette recette ?

Le savais-tu ?

Le sucre est indispensable au cerveau. Pour fonctionner, les cellules de notre cerveau ont besoin de deux ingrédients: de l'oxygène et du glucose (= sucre simple). Il consomme un sucre par heure, quelle que soit ton activité, que tu fasses tes devoirs ou que tu te reposes, mais cela ne veut pas dire que tu doives consommer un sucre par heure ! Ce sucre est présent dans ton alimentation.

Tes muscles aussi ont plus ou moins besoin de sucre en fonction de l'énergie que tu dépenses.

Voici les calories dépensées en une heure selon tes activités :

- ***rester assis : 100 kcal***
- ***rester debout : 140 kcal***
- ***marcher lentement : 300 kcal***
- ***marcher rapidement : 360 kcal***
- ***faire du vélo : 300 kcal***
- ***nager : 300 à 450 kcal***
- ***faire du jogging : 600 à 750 kcal***
- ***jouer au tennis ou au foot : 480 kcal***

3. Une publicité

TEXTE ARGUMENTATIF

choisissez l'allaitement maternel

L'allaitement maternel reste l'aliment le plus équilibré pour votre bébé. Il contient en parfaite proportion les différents types de protéines, lipides et glucides. De plus, le lait maternel contient diverses substances qui protègent l'organisme. Il est stérile, toujours prêt et pas cher !

Enfin, la relation affective maman-bébé stimule les capacités intellectuelles et sensorimotrices du nourisson.

Il n'y a pas que vos oreilles qui vous diront merci !

PARLEZ-EN
À VOTRE
MÉDECIN

Une campagne d'intérêt général du Ministère de la Santé

3.1. Observe la publicité et discute en équipe à partir des questions suivantes :

a) De quel sujet nous parle cette publicité ?
b) À qui s'adresse cette publicité ?
c) Que dit le "titre" (appelé "slogan") ? Est-il long ou court ? Quel est son but ? Qu'est-ce qui permet de le mémoriser facilement ?
d) Quelles informations supplémentaires nous donne le petit texte ?
e) Quel est le rapport entre le slogan et la dernière phrase en gras ?
f) Qu'est-ce que l'image apporte à la compréhension du message ?
g) L'objectif d'une publicité est souvent de vendre un produit; est-ce l'objectif de celle-ci ? Qui a commandé cette publicité et quel est son intérêt ?
h) Donne ton avis sur cette publicité (réelle, irréelle, drôle, effrayante, intéressante, …)

3.2. Recherche avec tes compagnons (radio, journaux, télévision) d'autres slogans publicitaires

Ces slogans sont de courtes phrases souvent amusantes et faciles à retenir.

3.3. Imaginez une publicité (avec dessin –ou photo– et slogan)

- pour vanter votre collation préférée
- pour annoncer le journal de votre école
- pour faire la publicité de votre école
- pour faire connaitre votre club de sport ou votre mouvement de jeunesse
- pour vanter les mérites d'une alimentation équilibrée

3.4. Choisis un slogan pour vanter le produit de ton choix

- "Ratafia, j'en suis baba"
- "Avec du bon pain, j'suis jamais dans le pétrin"
- "C'est du gâteau !"

Le savais-tu ?

Née en Europe au début du 20e siècle, la publicité s'est surtout développée après la seconde guerre mondiale avec l'arrivée des nouveaux moyens de communication comme la télévision et la radio venus s'ajouter à ceux utilisés précédemment : la presse (les journaux) et l'affichage.

Aujourd'hui, la publicité est présente partout autour de nous. Son but est de faire vendre en nous informant, nous faisant connaître des produits, en nous vantant leurs mérites.

4. Bon appétit !

TEXTE NARRATIF

Découvre une histoire qui te rappelle peut-être quelque chose !

Faim ou pas faim, je dois déjeuner tous les matins. Mais souvent, je n'ai pas faim.
— Gaëlle, mange ta tartine, dit maman, tu dois grandir !
Grandir ? Pour quoi faire ? Je préfère rester petite !
Mon frère est plus petit que moi et il a la belle vie. Il ne doit pas faire la vaisselle ni aller à l'école. C'est bien plus chouette de rester petit !

— Gaëlle, finis ton lait, dit papa. Le lait, ça te donnera de belles dents blanches.
Vraiment ? Mon papy a des dents bien blanches. Et il ne doit jamais se les brosser. Il les enlève le soir et il les rince sous le robinet.
C'est drôlement pratique ! J'aimerais avoir des dents comme lui ! Toutes blanches et qu'il ne faut pas brosser.
Je n'ai pas besoin de boire du lait, d'ailleurs. Si je veux les dents de papy, je peux les lui emprunter ! Il l'a dit…

Faim ou pas faim, je dois déjeuner tous les matins. Mais… Je n'ai pas faim le lundi, ni le mardi, encore moins le mercredi…. Et ne parlons pas du jeudi !
Le vendredi non plus, je n'ai pas faim…
Alors pourquoi aurais-je faim le samedi ?

Mais le dimanche matin, j'ai une faim de loup !
— Gaëlle, mange ton cramique, ça fait grandir, dit papa.
— Bois ton cacao, c'est bon pour tes dents, dit maman.

Et moi, qu'est-ce que je dis ?
Je ne dis rien du tout, car on ne parle pas la bouche pleine !

Anne HACHÉ, Dauphin, Averbode, 2003.

Clin d'œil

Comment sait-on que les carottes sont bonnes pour la vue ?

Parce qu'on n'a jamais vu un lapin portant des lunettes !

5. Manger équilibré !

TEXTE INFORMATIF

Pourquoi faut-il manger de tout ? De quoi ton corps a-t-il besoin pour bien fonctionner ? L'équilibre, c'est la variété : un peu de tout sans exagérer. Comment faire? Suis les étages de la pyramide alimentaire pour savoir quels aliments tu dois manger et en quelles quantités.

Ton organisme est comme une machine. À chaque repas, il a besoin de carburant. L'énergie apportée par les différents repas est nécessaire pour assurer toutes ses fonctions: respiration, battements du cœur, digestion, efforts musculaires, fonctionnement du cerveau…

Cette énergie, tu la puises dans deux grandes familles d'aliments : les féculents et les graisses.

LES FÉCULENTS

Le pain, les pâtes, les céréales, les pommes de terre constituent une source d'énergie de longue durée, indispensable pour bien réfléchir, bouger et éviter de grignoter entre les repas. Idéalement, les féculents devraient être présents aux trois repas principaux (matin, midi et soir).

LES GRAISSES

Visibles, on les retrouve dans les huiles, le beurre, les margarines, la mayonnaise, la crème chantilly... Cachées, elles sont aussi dans les cacahuètes, les charcuteries, le fromage, les pâtisseries, les chips, les biscuits, le chocolat. Elles apportent de l'énergie et des acides gras essentiels, nécessaires pour le fonctionnement de notre corps. Mais il n'en faut que très peu. Or, aujourd'hui, nous avons tendance à en manger beaucoup trop. Prudence! Ton corps n'a pas seulement besoin d'énergie. Il faut aussi le construire et l'entretenir, c'est à cela que travaillent les autres familles d'aliments.

LES FRUITS ET LÉGUMES

Ils fournissent des fibres pour la digestion et des vitamines et minéraux pour le fonctionnement de ton corps. Idéalement, il faudrait en manger au moins 5 fois par jour (2 portions de fruits et 3 de légumes).

LES LAITAGES

Lait, yaourts, fromages, desserts lactés sont essentiels pour construire ton squelette (tes os) et grandir. Attention, c'est maintenant que tu en as le plus besoin. Pense à consommer au moins 3 produits laitiers par jour.

LA VIANDE, LE POISSON, LES ŒUFS

Le fer et les protéines qu'ils contiennent t'aident à bâtir ton corps, surtout tes muscles, tes organes et tes globules rouges.

L'EAU

Sais-tu que ton corps est composé d'environ 70% d'eau? Et comme tu en élimines une partie au cours de la journée (transpiration, urine...), il est important de boire souvent pour remplacer l'eau éliminée. L'eau est la seule boisson vraiment indispensable. Pense à en boire au moins 1 litre et demi par jour.

LES EXTRAS

Ils portent bien leur nom car ils ne sont pas essentiels. En réalité, ils n'apportent presque pas de substances utiles. Cependant, les sucreries, les pâtisseries... font partie de ces petits plaisirs qu'il ne faut pas supprimer, mais qui ne doivent pas remplacer les repas et qui doivent être consommés avec modération...

D'après Nicolas ROUSSEAU, Dauphin, Averbode, 2003.

6. L'hygiène dentaire

TEXTE INFORMATIF

6.1. Découvre le texte

Quatre bonnes raisons de se soigner les dents

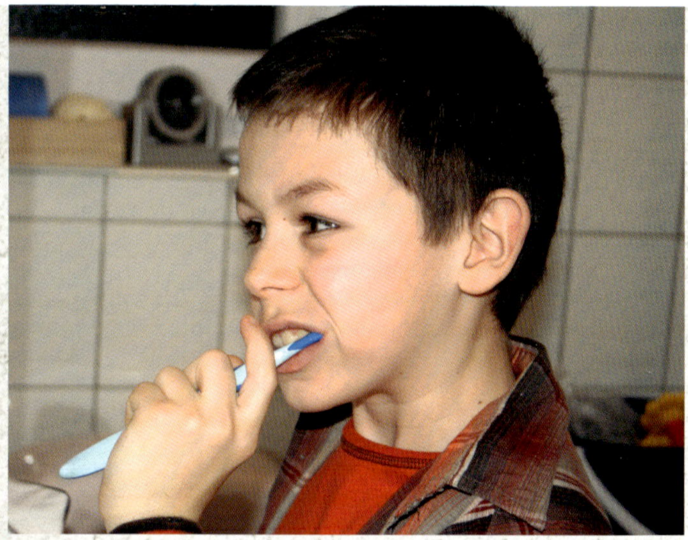

1. **La digestion :** les dents servent à mordre les aliments et à les «hacher» finement afin de les rendre plus digestes. Si cette première étape laisse à désirer, on risque de surcharger le système gastro-intestinal.

2. **L'état général :** des inflammations constantes aux gencives ou aux racines se répercutent sur tout notre organisme. Elles peuvent amoindrir notre résistance aux maladies.

3. **La communication :** parler sans dents est très difficile et peu clair.

4. **L'esthétique :** les dents sont un élément éclatant de votre personnalité. Personne ne se sent à l'aise si sa bouche est «en ruines!»

Extrait de «Femmes d'aujourd'hui»,
Dossier santé, 2003.

6.2. Donne ton avis

a) Comment sont présentés les conseils que tu viens de lire ?

b) À qui ces conseils sont-ils destinés ?

c) Cherche d'autres textes qui donnent des conseils, et compare-les avec celui-ci.

d) Qui établit habituellement des listes de conseils ?

e) Quelle différence fais-tu entre un conseil et une obligation ?

Clin d'œil

Une charade

Mon premier sert à fabriquer des bijoux.

Mon second porte deux ailes.

Mon tout est un fruit dont on extrait le jus.

Orange

7. Gare aux sucreries !

UN DIALOGUE

Répartissez-vous les rôles avant de lire à haute voix

→ SCÈNE 1 (Au fond de l'armoire, trois sucreries discutent)

Chocolat : Eh, les gars, vous avez vu l'heure ? Oui, il est déjà 15h15. Préparons-nous, Maxime va rentrer de l'école.

Caramel : Aujourd'hui, c'est moi qu'il va choisir et vous allez voir... Je vais lui coller aux dents; vous serez étonnés de mon travail.

Sucette : Mais non ! C'est moi qu'il va choisir. J'ai un goût de fraise qu'il adore même si je contiens tant de produits chimiques pas très bons pour les dents.

Chocolat : Vous vous trompez, c'est moi qu'il aime le mieux et, moi aussi, les caries, ça me connait !

Caramel : Chut ! Le voilà !

→ SCÈNE 2 (Maxime entre et se dirige vers l'armoire)

Chocolat : Attention ! il arrive...

Maxime : J'ai faim... (Il ouvre l'armoire) Lequel vais-je choisir ?... Un bon chocolat ? Mmm ! Une sucette aux fraises ? Ou bien un caramel ?... Pourquoi pas tous les trois ? (Maxime se rappelle ce que le dentiste lui a dit lors de sa dernière visite)

Dentiste : Maxime, évite les sucreries si tu ne veux pas revenir trop souvent chez moi !

→ SCÈNE 3 (Maxime repousse les sucreries et aperçoit une pomme)

Pomme : Eh, les sucreries, vous voyez c'est moi la meilleure! Il m'a choisie pour son goûter !

Chocolat : La meilleure ? Tu te vantes, tu ne provoques même pas de caries aux dents !

Pomme : Heureusement ! Avec moi : pas de colorants, de produits chimiques mais des vitamines et des bonnes dents !

8. L'obésité, une épidémie mondiale

TEXTE INFORMATIF

8.1. Découvre les observations

Dans les années septante, en Belgique, 5% des enfants de 5 à 6 ans étaient en surcharge pondérale (trop gros). Aujourd'hui, 10% des enfants entre 1 et 8 ans sont en surpoids. 19% des 9 à 12 ans sont en surpoids ou obèses. Globalement, de plus en plus d'enfants ont de graves problèmes de poids allant même jusqu'à l'obésité.

Pourquoi cette obésité ?

Il y a plusieurs causes à ces problèmes de poids : l'hérédité (un enfant ayant un parent "bien enveloppé" risque lui aussi les kilos superflus), une alimentation trop riche, peu variée et irrégulière, des causes psychologiques (une personne peut manger pour se consoler de ses problèmes) mais aussi le manque d'exercices physiques.

Bougeons ensemble !

De plus en plus d'enfants préfèrent malheureusement les ordinateurs, les jeux électroniques, la télévision à une activité physique ou sportive.

Une semaine compte 168 heures. Calculons : 35 heures d'école, 56 heures de nuit, 7 de soins corporels, 14 de repas, 9 d'étude... il en reste 47!

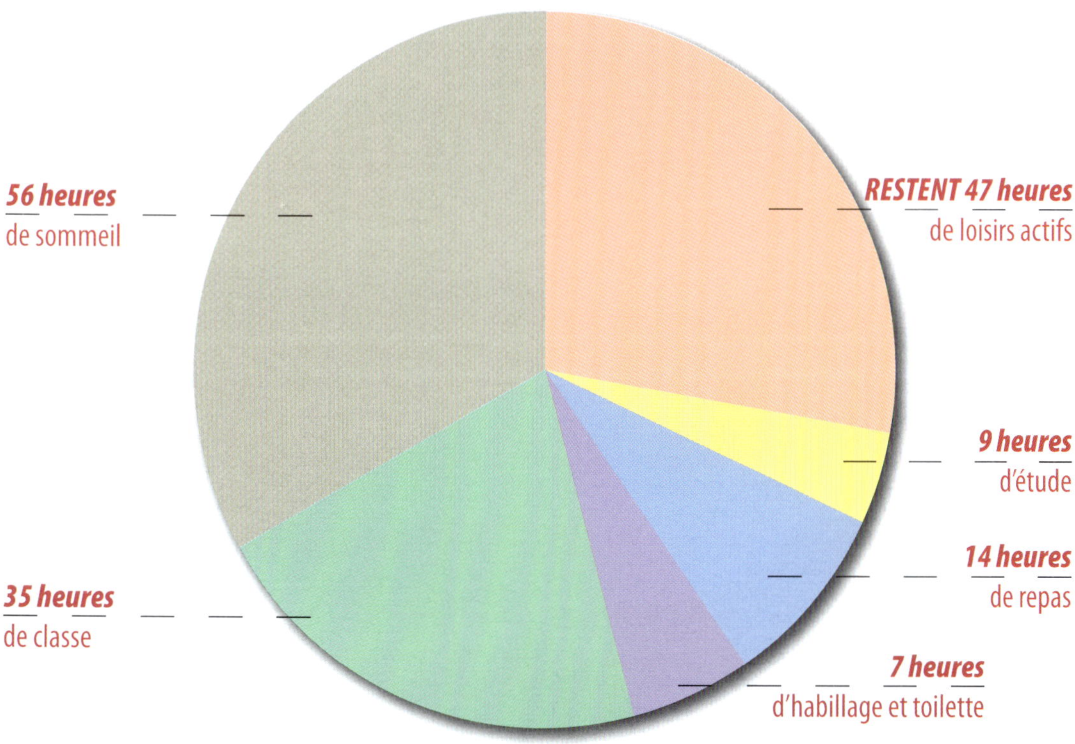

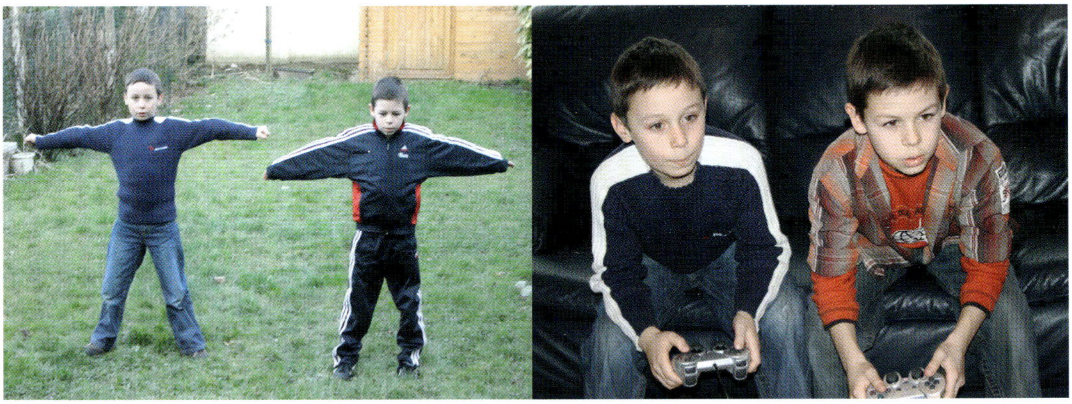

Préférer une activité physique aux jeux électroniques ou à la télévision.

Que faire pendant ces 47 heures ? Il ne s'agit pas de fréquenter un club de sport tous les jours mais plutôt d'envisager le plus possible des trajets à pieds ou à vélo, de pratiquer une activité de marche, de vélo, de piscine en famille dès que possible, le week-end, par exemple, de monter les escaliers plutôt que prendre l'ascenseur, de jouer entre copains ou en famille, de bricoler,de faire de la musique, de participer aux tâches ménagères (ranger sa chambre, mettre la table ou la débarrasser, ...) tout ce qu'on peut imaginer qui occupe de manière intéressante la tête et les mains qui pendant ce temps ne penseront pas à manger.

Il est certain que changer ses habitudes doit se faire en famille... et bien des activités deviendront un plaisir pour tous !

Excès de poids et obésité, Le Ligueur, Hors-série n°5, 12/10/2005.

8.2. Donne ton avis

a) Quelles sont les causes du problème de surpoids ?

b) Quels sont les conseils que tu as retenus ?

c) Quelles résolutions prends-tu suite à cette lecture ?

d) Que faudra-t-il modifier pour "tenir bon" ?

e) Qui pourra t'aider ?

Clin d'œil

J'ai un chapeau et un pied et pourtant je n'ai pas de tête et je ne marche pas. Qui suis-je ?

Un champignon !

Le savais-tu ?

Presque 2 enfants sur 10 oublient le petit-déjeuner. Le matin, les parents manquent de temps et les enfants, encore endormis veulent un petit-déjeuner rapide: biscuits, barre chocolatée, petits-pains ou croissants plutôt que des céréales, des tartines au miel, à la confiture, au chocolat... plus un fruit et un produit laitier. Ce premier repas est pourtant le plus important de la journée!

La vie en couleurs !

THÈME 8

S'intéresser à la question

Observe cette image

Dessin de ERNST in Tintin n°7, 41e année.

Vérifie l'efficacité de ton observation

a) Le dessin comporte plusieurs éléments importants. Lesquels ?
b) Quel détail retient ton attention pour chacun d'eux ?
c) Où se passe la scène ?
d) Que raconte-t-elle ?
e) Qu'est-ce qu'un arc-en-ciel ? Renseigne-toi sur les couleurs de l'arc-en-ciel.
f) Les couleurs de l'arc-en-ciel sont-elles correctement représentées ?
g) Qu'y a-t-il de comique dans ce dessin ?
h) En imaginant ce qui s'est passé avant, et ce qui se passera après, raconte l'histoire : « Il était une fois… ».

POUR FAIRE UNE EXPÉRIENCE

La boite à astuces

1. VOICI UNE PETITE EXPÉRIENCE TRÈS FACILE À RÉALISER :

Plonge un petit miroir dans une cuvette d'eau exposée au soleil et incline-le. Regarde la tache lumineuse qu'il reflète au plafond. Vois-tu les couleurs ? Agite légèrement l'eau de la cuvette. Vois comment les couleurs se mélangent. Quelle couleur produisent-elles en se mélangeant toutes ensemble ?

2. CONSTRUIS, D'APRÈS LES INSTRUCTIONS CI-DESSOUS, DES TOUPIES AVEC LES COULEURS PRIMAIRES ET SECONDAIRES

Matériel

Carton, ciseaux, crayons de couleurs ou peintures, un crayon très pointu ou un bâtonnet pointu.

Réalisation

- **Construis un disque et découpe-le.**
- **Divise-le en sept parties, comme sur le dessin.**
- **Colorie chaque section avec les couleurs jaune, orange clair, orange foncé, mauve, bleu foncé, bleu clair et vert.**
- **Fais un petit trou au centre du disque et glisses-y le crayon ou le bâton pointu.**
- **Tourne le disque rapidement. Que remarques-tu quand la toupie tourne ?**

1. Le magicien des couleurs

TEXTE NARRATIF

1.1. Découvre un monde gris

Il y a longtemps, très longtemps
Les couleurs n'existaient pas.
Presque tout était gris et ce qui n'était pas gris était noir.

Chaque matin, un magicien qui vivait en ce temps-là mettait la tête à la fenêtre pour contempler le paysage.

« Il me semble qu'il manque quelque chose à ce monde », dit-il un jour.

On ne peut pas distinguer quand la pluie cesse de tomber, et quand le soleil se met à briller…

Le magicien descendait souvent l'escalier de sa cave sombre et grise. Là, pour oublier ce monde maussade, il s'amusait à faire des expériences magiques.

À suivre…

1.2. Vérifie ta compréhension

a) Quand se passe l'action ?
b) Quel est le personnage ?
c) Quelle est sa première action de la journée ?
d) Que remarque-t-il ?
e) Comment réagit–il ?

1.3. Découvre un monde bleu

Un jour que le magicien mélangeait et malaxait un peu de ceci et un rien de cela, il découvrit quelque chose de bizarre au fond de la marmite.

« C'est bien joli ! » s'écria-t-il.

« Je vais en faire davantage. »

« Qu'est-ce que c'est ? » demandèrent les voisins en voyant le magicien peindre sa maison.

« Une couleur », dit le magicien.

« J'appelle ça du bleu. »

« Je vous en prie », crièrent les voisins, donnez-nous-en un peu !»

« Volontiers ! » répondit le magicien.

Et c'est ainsi que fut lancée la mode du bleu.

Bientôt tout fut bleu dans un monde heureux.

Les arbres étaient bleus, les vaches étaient bleues, les coccinelles étaient bleues, les écureuils aussi. Le magicien chevauchait une bicyclette bleue pour contempler son univers en bleu.

Il disait : « C'est merveilleux ! » Mais, tout ce bleu, ce n'était pas merveilleux. Après un certain temps, le bleu attrista tout le monde. Les enfants ne jouaient plus, les coqs ne chantaient plus, les saules pleuraient, le troubadour poussait des complaintes déchirantes.

« Ce bleu est trop déprimant », dirent les voisins au magicien qui était devenu le plus malheureux des hommes.

« Personne ne rit plus, c'est vrai. Je ne sais même plus sourire. »

« Il faut que je fasse quelque chose », se dit le magicien en descendant lourdement l'escalier de sa cave sombre et bleue.

À suivre…

1.4. Retrouve les mots cachés

Voici un extrait du texte dont plusieurs mots ont été remplacés par ***tic-tac-ric-rac***...
À quels mots correspondent-ils ? Retrouve-les rapidement.

Bientôt tout fut bleu dans un **tac** heureux.
Les **ric** étaient bleus, les **tec** étaient bleues, les **ruc** bleues, les **toc** aussi.
Le **rec** chevauchait une **tuc** bleue pour contempler son **rac** en bleu.
Mais tout ce **tic**, ce n'était pas **roc**.

tac = ... tec = ... toc = ... tuc = ... tic = ...

ric = ... ruc = ... rec = ... rac = ... roc = ...

Le savais-tu ?

Avant d'être fabriquées chimiquement, les couleurs étaient tirées des plantes, du sol ou des minerais ! Les matières les plus faciles à teindre sont la laine et le coton blanc (un mouchoir, par exemple).

Les pelures de cinq gros oignons donneront un orange très vif.

Cinq branches de persil donneront un jaune pâle.

Trois branches d'ortie donneront un vert anis.

1.5. Découvre un monde jaune

Alors, il se mit à mélanger et à malaxer un peu de ceci et un rien de cela, il découvrit bientôt quelque chose de nouveau au fond de sa marmite.
« Voilà qui est plus gai ! » s'écria-t-il, « Je vais en faire davantage. »
« Qu'est-ce que c'est ? » demandèrent les voisins en voyant le magicien peindre sa palissade.
« J'ai appelé cela du jaune », dit le magicien.
« Peut-on en avoir un peu ? » quémandèrent les voisins.
« Bien sûr ! » répondit le magicien.

Et c'est ainsi que fut lancée la mode du jaune.

Bientôt tout fut jaune dans ce monde. La rivière et la mer étaient jaunes comme le ciel, les cochons étaient jaunes, les écureuils aussi.

Les perruches comme les feuilles des arbres, jaunes comme Papa, Maman, Petit-Pierre et son chien. Chez l'arracheur de dents on riait jaune. Le magicien galopait sur son cheval jaune pour explorer son univers jaune.

Il disait : « C'est très réussi ! » Mais tout ce jaune, ce n'était pas très réussi. Après un certain temps, le jaune éblouit tout le monde. On vivait les yeux fermés, les volets clos. On se cognait partout, dans les rues, sur les routes. Les oiseaux n'osaient plus voler.

« Ce jaune est trop lumineux et trop aveuglant », dirent les voisins au magicien.

« Ne m'en parlez pas », gémissait le magicien, qui portait une serviette humide sur le front, « Tout le monde en a mal à la tête et moi aussi ».

Le magicien descendit donc en trébuchant l'escalier de sa cave sombre et jaune.

À suivre…

1.6. Le monde jaune a été bouleversé. Remets les phrases dans l'ordre du texte.

a) « Ce jaune est trop lumineux et trop aveuglant », dirent les voisins au magicien.

b) Le magicien galopait sur son cheval jaune pour explorer son univers jaune.

c) Et c'est ainsi que fut lancée la mode du jaune.

d) Le magicien descendit donc en trébuchant l'escalier de sa cave sombre et jaune.

e) Le magicien se mit à mélanger et à malaxer un peu de ceci et un rien de cela.

1.7. Découvre un monde rouge

Alors, il se mit à mélanger et à malaxer un peu de ceci et un rien de cela, il découvrit bientôt quelque chose de nouveau au fond de sa marmite.
« C'est magnifique ! » s'écria-t-il, « Je vais en faire davantage. »
« Comment appelez-vous cela ? » demandèrent les voisins en voyant le magicien peindre les fleurs de son jardin.
« Du rouge », répondit le magicien.
« On en voudrait bien aussi », demandèrent les voisins. « Tout de suite ! » dit le magicien.
Et c'est ainsi que fut lancée la mode du rouge. Bientôt tout fut rouge dans le monde. La rivière était rouge comme le ciel, le lapin était rouge comme les canaris, le fromage était rouge, les glaces, les gâteaux, les chapeaux, les manteaux et l'écureuil aussi. Le chat était aussi rouge que les poissons. Le magicien canotait dans son bateau rouge. Il disait : « C'est l'idéal ! » Mais tout ce rouge n'était pas l'idéal. Après un certain temps, petits et grands voyaient tout en rouge, et le rouge leur montait à la tête et, comme chacun sait, la colère est mauvaise conseillère. Les petits devenaient méchants. Ils se tiraient les cheveux ou se cassaient les dents. Les grands se faisaient la guerre, ils cassaient la vaisselle ou tiraient le canon. Les voisins furieux prirent d'assaut la maison du magicien.
« Cet horrible monde rouge, c'est vous qui l'avez fait ! » Ils lui lancèrent des pierres. Le magicien était rouge de colère. Il descendit furibond l'escalier de sa cave sombre et rouge.

1.8. Recherche rapidement

En consultant les textes, retrouve le plus vite possible dans quel(s) monde(s) ont été peints les objets ou les animaux suivants. Chronomètre ta recherche.

A. chapeau – B. perruque – C. écureuil – D. cave – E. bicyclette – F. mer – G. coccinelle – H. lapin – I. arbre – J. rivière – K. glace – L. cochon – M. vache – N. ciel – O. fromage – P. feuille – Q. coq – R. cheval – S. canari – T. manteau.

a) Dans le monde bleu.
b) Dans le monde rouge.
c) Dans le monde jaune.
d) Dans les mondes bleu et rouge.
e) Dans les mondes rouge et jaune.
f) Dans les mondes bleu et jaune.
g) Dans les mondes bleu, rouge et jaune.

1.9. Associe images et textes

Dans quel monde as-tu rencontré les situations suivantes ? Retrouve la phrase du texte correspondant à chaque image.

Clin d'œil

Qu'est-ce qui est jaune, qui monte et qui descend ?

Un canari dans un ascenseur !

1.10. Découvre le monde en couleurs

Pendant des jours et des jours, il mélangea et malaxa. Il essaya toutes les formules magiques pour trouver une nouvelle couleur. Mais il ne put faire que du bleu et encore du bleu, du jaune et encore du jaune, du rouge et encore du rouge, jusqu'à ce que toutes les marmites fussent pleines à ras bord. Elles étaient si pleines qu'elles débordèrent. Le bleu, le jaune et le rouge se mélangèrent. Et ce fut un beau gâchis.
Mais quand le magicien vit ce qui se passait, il s'écria : « J'ai trouvé ! »
Et il dansa, fou de joie, dans la cave.
« Regardez les belles choses que je viens d'inventer ! » dit le magicien quand il eut terminé.

« Qu'est-ce que c'est ? » demandèrent les voisins.

« Du violet, du vert, de l'orange... » dit le magicien.

« On en a la tête qui tourne » crièrent les voisins.

« Quelle couleur allons-nous employer cette fois ! » répondit le magicien.

Il mélangea le bleu et le rouge et il fit une nouvelle couleur.

Il mélangea le jaune et le bleu et il fit une autre couleur.

Il mélangea le jaune et le rouge et il fit encore une autre couleur.

« Hourrah ! » s'écria-t-il.

Et il mélangea le rouge, le bleu, et le jaune de différentes façons. Les gens prirent toutes les couleurs que le magicien avait créées. Bientôt, chacune d'elles trouva sa place après un moment, quand le magicien ouvrit sa fenêtre, il regarda et dit : « C'est merveilleusement réussi et idéal ! »

Les voisins apportèrent, en cadeau, des pommes rouges, des feuilles vertes, des bananes jaunes, du raisin vert et des fleurs bleues. Enfin, le monde était bien trop beau pour qu'on ait envie d'y changer quelque chose.

A. LOBEL, *Le magicien des couleurs*, École des Loisirs, Paris 1971.

1.11. Réfléchis

Dans l'ensemble du texte :

a) Quel était le problème du magicien ?
b) Comment a-t-il réagi ?
c) A-t-il résolu son problème ?
d) Qu'a-t-il finalement découvert ?

1.12. Observe le texte

a) À quoi servent les mots encadrés dans le monde bleu ?
b) Peux-tu retrouver les mêmes ou de semblables dans les autres mondes ?
c) Quels sont les mondes qui sont construits de la même manière ? Pourquoi ?
d) Quels sont les mondes qui ne suivent pas ce modèle ? Pourquoi ?

2. Le caméléon et la télévision

TEXTE INFORMATIF

2.1. Avant de lire, observe la photo et le titre. De quoi va-t-on parler ?

Le caméléon est un animal extraordinaire. On peut presque dire qu'il a cinq pattes, puisque sa queue lui sert à se cramponner aux branches. Ses yeux sont montés sur des « tourelles » qui pivotent indépendamment l'une de l'autre... Sa langue, aussi longue que son corps, se déroule en un clin d'oeil pour attraper les mouches. Enfin et surtout, il change la couleur de son corps suivant celle de l'endroit où il se trouve, ce qui lui assure un camouflage excellent ! Comment peut-il faire pour changer de couleur ? Sa peau contient une multitude de minuscules poches, qui peuvent s'ouvrir ou se fermer. À l'extérieur, elles sont grisâtres. Mais à l'intérieur, elles ont une couleur bien nette : jaune, rouge ou brun. C'est en ouvrant plus ou moins les unes et les autres que le caméléon change de couleur. Par exemple, s'il ferme les rouges, et ouvre les jaunes et les brunes, le caméléon sera vert ! S'il ferme les jaunes, et ouvre les rouges et les brunes, voilà notre caméléon de couleur acajou ! Autrement dit, il utilise le même système que la télévision en couleur (et depuis beaucoup plus longtemps !) : des points de trois couleurs différentes, disposés côte à côte, et que l'on peut doser à volonté. Bien sûr, ses trois couleurs sont "moins bien choisies" que celles de la télévision : il ne peut jamais être bleu, ou violet. Mais il faut dire que, dans la nature, il se trouve rarement dans un cadre bleu ou violet ! Les trois couleurs de la télévision sont bien choisies : avec de la lumière rouge, de la lumière verte et de la bleue, bien dosées, on peut obtenir la couleur que l'on veut, et aussi lumineuse qu'on le souhaite.

J.P. MAURAY, *L'arc-en-ciel*, Orphys.

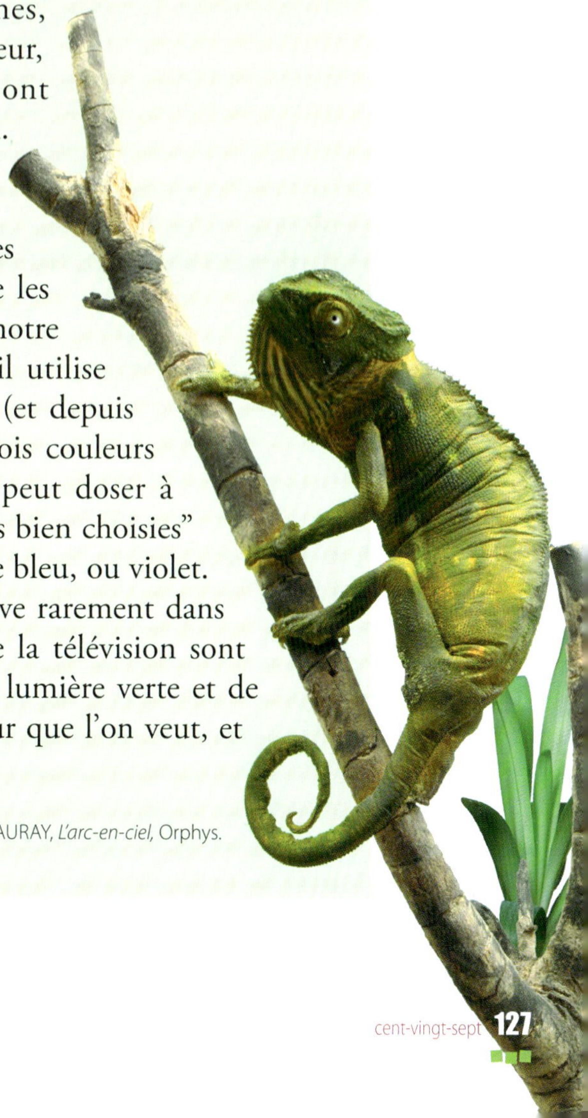

2.2. As-tu bien lu ? Vérifie ton information.

	oui	non	on ne le dit pas
a) Le caméléon change de couleur selon l'endroit.	☐	☐	☐
b) Sa peau contient trois minuscules poches grisâtres.	☐	☐	☐
c) Le mélange du rouge et du jaune lui donne la couleur du sable.	☐	☐	☐
d) Il utilise le même système que la TV en couleurs.	☐	☐	☐
e) Il utilise les mêmes couleurs que la TV.	☐	☐	☐

2.3. Reformule l'information

a) Décris le caméléon.
b) Qu'a-t-il d'extraordinaire ?
c) Pourquoi change-t-il de couleur ?
d) Comment change-t-il de couleur ?
e) Comment procède la télévision en couleurs ?

2.4. Résume l'information

a) À quelle question répond le texte ?
b) Quelle phrase du texte donne presque toute la réponse ?

Clin d'œil

Comment les caméléons font-ils pour descendre des arbres ?

Ils s'installent sur une feuille et attendent l'automne.

3. L'enfant terrible

TEXTE POÉTIQUE

Complète par un nom de couleur ou une expression contenant le mot «couleur» qui sonne bien à l'oreille.

Bienheureux les parents qui parfois
se reposent!
Avec cet enfant-là, ce n'est pas
toujours...

Il grimpe, il saute, il court,
il chahute, et parbleu,
À semer la bagarre, il récolte des...

Devant cet ouragan, ce typhon,
ce cyclone,
Oh! que de fois j'ai eu peur, que de
fois j'ai ri...

Que de fois, plein d'angoisse et la
tête à l'envers,
J'ai pâli, j'ai blêmi, je suis devenu...

Alors, comprenez-moi, quand je le
vois qui bouge,
Mon sang ne fait qu'un tour,
je frémis, je vois...

Oh là, retenez-moi, je vais faire
un malheur!
Cet enfant m'en fait voir...

D'après Jean-Luc MOREAU, *Les poèmes de la souris verte*,
Le livre de poche Jeunesse, 2003.

Conjugaison des verbes

Ce petit référentiel t'aidera à réaliser sans faute les exercices de conjugaison. Il te permettra ainsi de progresser dans la découverte des formes verbales. Mais il ne te renseigne pas sur toutes les formes ni sur toute la conjugaison. Si tu disposes d'un vrai référentiel, utilise-le de préférence.

Une initiative : dès que tu seras familiarisé(e) avec ces tableaux, crée ton propre référentiel adapté à tes besoins et découvertes. Imagine une autre présentation, choisis le support qui te convient (cahier, fichier, affiche, ordinateur...).

1. ÊTRE

Indicatif	Présent	Imparfait	Futur simple	Conditionnel prés.	Passé composé
Je-J'	**suis**	**ét**ais	**ser**ai	serais	ai **été**
Tu	**es**	étais	seras	serais	as été
Il-Elle	est	était	sera	serait	a été
Nous	**sommes**	étions	serons	serions	avons été
Vous	**êtes**	étiez	serez	seriez	avez été
Ils-Elles	**sont**	étaient	seront	seraient	ont été
Impératif prés.	**soi**s - **soy**ons -soyez				

2. AVOIR

Indicatif	Présent	Imparfait	Futur simple	Conditionnel prés.	Passé composé
Je-J'	**ai**	avais	**aur**ai	aurais	ai **eu**
Tu	**as**	avais	auras	aurais	as eu
Il-Elle	a	avait	aura	aurait	a eu
Nous	**av**ons	avions	aurons	aurions	avons eu
Vous	avez	aviez	aurez	auriez	avez eu
Ils-Elles	**ont**	avaient	auront	auraient	ont eu
Impératif prés.	**ai**e - **ay**ons - ayez				

3. CHANTER aimer - crier - demander - jouer - parler...

Indicatif	Présent	Imparfait	Futur simple	Conditionnel prés.	Passé composé
Je-J'	**chant**e	chantais	**chanter**ai	chanterais	ai **chanté**
Tu	chantes	chantais	chanteras	chanterais	as chanté
Il-Elle	chante	chantait	chantera	chanterait	a chanté
Nous	chantons	chantions	chanterons	chanterions	avons chanté
Vous	chantez	chantiez	chanterez	chanteriez	avez chanté
Ils-Elles	chantent	chantaient	chanteront	chanteraient	ont chanté
Impératif prés.	chante - chantons - chantez				

4. FINIR fleurir - grossir - jaunir - rougir - vieillir...

Indicatif	Présent	Imparfait	Futur simple	Conditionnel prés.	Passé composé
Je-J'	**fini**s	finissais	**finir**ai	finirais	ai fini
Tu	finis	finissais	finiras	finirais	as fini
Il-Elle	finit	finissait	finira	finirait	a fini
Nous	**finiss**ons	finissions	finirons	finirions	avons fini
Vous	finissez	finissiez	finirez	finiriez	avez fini
Ils-Elles	finissent	finissaient	finiront	finiraient	ont fini
Impératif prés.	finis - finissons - finissez				

5. ACHETER amener - lever - peler - peser - semer...

Indicatif	Présent	Imparfait	Futur simple	Conditionnel prés.	Passé composé
Je-J'	**achèt**e	achetais	**achèt**erai	achèterais	ai **acheté**
Tu	achètes	achetais	achèteras	achèterais	as acheté
Il-Elle	achète	achetait	achètera	achèterait	a acheté
Nous	**achet**ons	achetions	achèterons	achèterions	avons acheté
Vous	achetez	achetiez	achèterez	achèteriez	avez acheté
Ils-Elles	achètent	achetaient	achèteront	achèteraient	ont acheté
Impératif prés.	achète - achetons - achetez				

6. AVANCER et tous les verbes en CER : bercer - commencer - placer...

Indicatif	Présent	Imparfait	Futur simple	Conditionnel prés.	Passé composé
Je-J'	**avanc**e	avançais	**avancer**ai	avancerais	ai **avancé**
Tu	avances	avançais	avanceras	avancerais	as avancé
Il-Elle	avance	avançait	avancera	avancerait	a avancé
Nous	avançons	avancions	avancerons	avancerions	avons avancé
Vous	avancez	avanciez	avancerez	avanceriez	avez avancé
Ils-Elles	avancent	avançaient	avanceront	avanceraient	ont avancé
Impératif prés.	avance - avançons - avancez				

7. ALLER

Indicatif	Présent	Imparfait	Futur simple	Conditionnel prés.	Passé composé
Je-J'	**vai**s	allais	**ir**ai	irais	suis **allé**(e)
Tu	**va**s	allais	iras	irais	es allé(e)
Il-Elle	va	allait	ira	irait	est allé(e)
Nous	**all**ons	allions	irons	irions	sommes allé(e)s
Vous	allez	alliez	irez	iriez	êtes allé(e)s
Ils-Elles	**vont**	allaient	iront	iraient	sont allé(e)s
Impératif prés.	va - allons - allez				

8. BATTRE abattre - combattre - débattre - (je me suis battu(e))...

Indicatif	Présent	Imparfait	Futur simple	Conditionnel prés.	Passé composé
Je-J'	**bat**s	battais	**battr**ai	battrais	ai **battu**
Tu	bats	battais	battras	battrais	as battu
Il-Elle	bat	battait	battra	battrait	a battu
Nous	**batt**ons	battions	battrons	battrions	avons battu
Vous	battez	battiez	battrez	battriez	avez battu
Ils-Elles	battent	battaient	battront	battraient	ont battu
Impératif prés.	bats - battons - battez				

9. BOIRE

Indicatif	Présent	Imparfait	Futur simple	Conditionnel prés.	Passé composé
Je-J'	**boi**s	buvais	**boir**ai	boirais	ai **bu**
Tu	bois	buvais	boiras	boirais	as bu
Il-Elle	boit	buvait	boira	boirait	a bu
Nous	**buv**ons	buvions	boirons	boirions	avons bu
Vous	buvez	buviez	boirez	boiriez	avez bu
Ils-Elles	**boiv**ent	buvaient	boiront	boiraient	ont bu
Impératif prés.	bois - buvons - buvez				

10. DIRE

Indicatif	Présent	Imparfait	Futur simple	Conditionnel prés.	Passé composé
Je-J'	**di**s	disais	**dir**ai	dirais	ai **dit**
Tu	dis	disais	diras	dirais	as dit
Il-Elle	dit	disait	dira	dirait	a dit
Nous	**dis**ons	disions	dirons	dirions	avons dit
Vous	di**tes**	disiez	direz	diriez	avez dit
Ils-Elles	disent	disaient	diront	diraient	ont dit
Impératif prés.	dis - disons - dites				

11. DORMIR

servir - partir (je suis parti(e)) - sortir (je suis sorti(e))...

Indicatif	Présent	Imparfait	Futur simple	Conditionnel prés.	Passé composé
Je-J'	**dor**s	dormais	**dormir**ai	dormirais	ai **dormi**
Tu	dors	dormais	dormiras	dormirais	as dormi
Il-Elle	dort	dormait	dormira	dormirait	a dormi
Nous	**dorm**ons	dormions	dormirons	dormirions	avons dormi
Vous	dormez	dormiez	dormirez	dormiriez	avez dormi
Ils-Elles	dorment	dormaient	dormiront	dormiraient	ont dormi
Impératif prés.	dors - dormons - dormez				

12. ECRIRE

Indicatif	Présent	Imparfait	Futur simple	Conditionnel prés.	Passé composé
Je-J'	**écri**s	écrivais	**écrir**ai	écrirais	ai **écrit**
Tu	écris	écrivais	écriras	écrirais	as écrit
Il-Elle	écrit	écrivait	écrira	écrirait	a écrit
Nous	**écriv**ons	écrivions	écrirons	écririons	avons écrit
Vous	écrivez	écriviez	écrirez	écririez	avez écrit
Ils-Elles	écrivent	écrivaient	écriront	écriraient	ont écrit
Impératif prés.	écris - écrivons - écrivez				

13. FAIRE

Indicatif	Présent	Imparfait	Futur simple	Conditionnel prés.	Passé composé
Je-J'	**fai**s	faisais	**fer**ai	ferais	ai **fait**
Tu	fais	faisais	feras	ferais	as fait
Il-Elle	fait	faisait	fera	ferait	a fait
Nous	**fais**ons	faisions	ferons	ferions	avons fait
Vous	fai**tes**	faisiez	ferez	feriez	avez fait
Ils-Elles	**font**	faisaient	feront	feraient	ont fait
Impératif prés.	fais - faisons - faites				

14. LIRE

Indicatif	Présent	Imparfait	Futur simple	Conditionnel prés.	Passé composé
Je-J'	**li**s	lisais	**lir**ai	lirais	ai **lu**
Tu	lis	lisais	liras	lirais	as lu
Il-Elle	lit	lisait	lira	lirait	a lu
Nous	**lis**ons	lisions	lirons	lirions	avons lu
Vous	lisez	lisiez	lirez	liriez	avez lu
Ils-Elles	lisent	lisaient	liront	liraient	ont lu
Impératif prés.	lis - lisons - lisez				

15. MANGER et les verbes en GER : bouger - arranger - langer...

Indicatif	Présent	Imparfait	Futur simple	Conditionnel prés.	Passé composé
Je-J'	**mang**e	man**ge**ais	**manger**ai	mangerais	ai **mangé**
Tu	manges	man**ge**ais	mangeras	mangerais	as mangé
Il-Elle	mange	man**ge**ait	mangera	mangerait	a mangé
Nous	man**ge**ons	mangions	mangerons	mangerions	avons mangé
Vous	mangez	mangiez	mangerez	mangeriez	avez mangé
Ils-Elles	mangent	man**ge**aient	mangeront	mangeraient	ont mangé
Impératif prés.	mange - man**ge**ons - mangez				

16. MENTIR sentir

Indicatif	Présent	Imparfait	Futur simple	Conditionnel prés.	Passé composé
Je-J'	**men**s	mentais	**mentir**ai	mentirais	ai **menti**
Tu	mens	mentais	mentiras	mentirais	as menti
Il-Elle	ment	mentait	mentira	mentirait	a menti
Nous	**ment**ons	mentions	mentirons	mentirions	avons menti
Vous	mentez	mentiez	mentirez	mentiriez	avez menti
Ils-Elles	mentent	mentaient	mentiront	mentiraient	ont menti
Impératif prés.	mens - mentons - mentez				

17. METTRE admettre - remettre - démettre - permettre

Indicatif	Présent	Imparfait	Futur simple	Conditionnel prés.	Passé composé
Je-J'	**met**s	mettais	**mettr**ai	mettrais	ai **mis**
Tu	mets	mettais	mettras	mettrais	as mis
Il-Elle	met	mettait	mettra	mettrait	a mis
Nous	**mett**ons	mettions	mettrons	mettrions	avons mis
Vous	mettez	mettiez	mettrez	mettriez	avez mis
Ils-Elles	mettent	mettaient	mettront	mettraient	ont mis
Impératif prés.	mets - mettons - mettez				

18. OUVRIR découvrir - souffrir - couvrir

Indicatif	Présent	Imparfait	Futur simple	Conditionnel prés.	Passé composé
Je-J'	**ouvr**e	ouvrais	**ouvrir**ai	ouvrirais	ai **ouvert**
Tu	ouvres	ouvrais	ouvriras	ouvrirais	as ouvert
Il-Elle	ouvre	ouvrait	ouvrira	ouvrirait	a ouvert
Nous	ouvrons	ouvrions	ouvrirons	ouvririons	avons ouvert
Vous	ouvrez	ouvriez	ouvrirez	ouvririez	avez ouvert
Ils-Elles	ouvrent	ouvraient	ouvriront	ouvriraient	ont ouvert
Impératif prés.	ouvre - ouvrons - ouvrez				

19. POUVOIR

Indicatif	Présent	Imparfait	Futur simple	Conditionnel prés.	Passé composé
Je-J'	**peux** (puis)	pouvais	**pourr**ai	pourrais	ai **pu**
Tu	peux	pouvais	pourras	pourrais	as pu
Il-Elle	peut	pouvait	pourra	pourrait	a pu
Nous	**pouv**ons	pouvions	pourrons	pourrions	avons pu
Vous	pouvez	pouviez	pourrez	pourriez	avez pu
Ils-Elles	**peuv**ent	pouvaient	pourront	pourraient	ont pu
Impératif prés.	n'existe pas				

20. RECEVOIR apercevoir - concevoir - décevoir - percevoir...

Indicatif	Présent	Imparfait	Futur simple	Conditionnel prés.	Passé composé
Je-J'	**reçoi**s	recevais	**recevr**ai	recevrais	ai **reçu**
Tu	reçois	recevais	recevras	recevrais	as reçu
Il-Elle	reçoit	recevait	recevra	recevrait	a reçu
Nous	**recev**ons	recevions	recevrons	recevrions	avons reçu
Vous	recevez	receviez	recevrez	recevriez	avez reçu
Ils-Elles	**reçoiv**ent	recevaient	recevront	recevraient	ont reçu
Impératif prés.	reçois - recevons - recevez				

21. RENDRE attendre - prendre - vendre... répondre... mordre... perdre...

Indicatif	Présent	Imparfait	Futur simple	Conditionnel prés.	Passé composé
Je-J'	**rend**s	rendais	**rendr**ai	rendrais	ai **rendu**
Tu	rends	rendais	rendras	rendrais	as rendu
Il-Elle	rend	rendait	rendra	rendrait	a rendu
Nous	**rend**ons	rendions	rendrons	rendrions	avons rendu
Vous	rendez	rendiez	rendrez	rendriez	avez rendu
Ils-Elles	rendent	rendaient	rendront	rendraient	ont rendu
Impératif prés.	rends - rendons - rendez				

22. SAVOIR

Indicatif	Présent	Imparfait	Futur simple	Conditionnel prés.	Passé composé
Je-J'	**sai**s	savais	**saur**ai	saurais	ai **su**
Tu	sais	savais	sauras	saurais	as su
Il-Elle	sait	savait	saura	saurait	a su
Nous	**sav**ons	savions	saurons	saurions	avons su
Vous	savez	saviez	saurez	sauriez	avez su
Ils-Elles	savent	savaient	sauront	sauraient	ont su
Impératif prés.	**sache** - sachons - sachez				

23. VENIR

advenir - revenir - survenir - parvenir - intervenir - (je suis venu(e))
tenir - contenir - obtenir - détenir - (j'ai tenu)

Indicatif	Présent	Imparfait	Futur simple	Conditionnel prés.	Passé composé
Je-J'	**vien**s	venais	**viendr**ai	viendrais	suis **venu(e)**
Tu	viens	venais	viendras	viendrais	es venu(e)
Il-Elle	vient	venait	viendra	viendrait	est venu(e)
Nous	**ven**ons	venions	viendrons	viendrions	sommes venu(e)s
Vous	venez	veniez	viendrez	viendriez	êtes venu(e)s
Ils-Elles	**vienn**ent	venaient	viendront	viendraient	sont venu(e)s
Impératif prés.	viens - venons - venez				

24. VIVRE

Indicatif	Présent	Imparfait	Futur simple	Conditionnel prés.	Passé composé
Je-J'	**vi**s	vivais	**vivr**ai	vivrais	ai **vécu**
Tu	vis	vivais	vivras	vivrais	as vécu
Il-Elle	vit	vivait	vivra	vivrait	a vécu
Nous	**viv**ons	vivions	vivront	vivrions	avons vécu
Vous	vivez	viviez	vivrez	vivriez	avez vécu
Ils-Elles	vivent	vivaient	vivront	vivraient	ont vécu
Impératif prés.	vis - vivons - vivez				

25. VOULOIR

Indicatif	Présent	Imparfait	Futur simple	Conditionnel prés.	Passé composé
Je-J'	**veu**x	voulais	**voudr**ai	voudrais	ai **voulu**
Tu	veux	voulais	voudras	voudrais	as voulu
Il-Elle	veut	voulait	voudra	voudrait	a voulu
Nous	**voul**ons	voulions	voudrons	voudrions	avons voulu
Vous	voulez	vouliez	voudrez	voudriez	avez voulu
Ils-Elles	**veul**ent	voulaient	voudront	voudraient	ont voulu
Impératif prés.	**veuill**e - veuillons - veuillez				

Des mots à écrire sans faute

Voici une liste de mots que tu utilises souvent quand tu parles. Apprends à les écrire correctement. Ils enrichiront la collection de tous ceux que tu écris déjà sans faute.

1. DES NOMS FÉMININS (n.f.)

1 abeille
action
aide
aiguille
5 aile
aise
allée
allure
animation
10 annonce
approche
arme
armée
armoire
15 assiette
attention
aube
automobile
autruche
20 avenue
averse
bagnole
baguette
baignoire
25 balance
baleine
banane
bande
barbe
30 barque
bataille
beauté
bêche
besogne
35 bière
bille
bobine
boisson
boite
40 bombe
bonté
bosse
botte
boucherie
45 boue
bougie
boulangerie
bouteille
brebis
50 brique
caisse
campagne
cane
canne
55 carabine
caresse
case
casquette
casserole
60 cause
cave
cerise
chaine
chair
65 chaise
chanson
chapelle
charité
charrette
70 chasse
chaussée
chaussure
cheminée
chemise
75 chèvre
chose
chute
circulation
clé (ou clef)
80 colère
colline
commune
communion
compagne
85 conduite
confiture
conjugaison
construction
conversation
90 corde
corniche
coupe
course
couverture
95 crème
crise
croix
cruche
culotte
100 curiosité
date
demeure
demoiselle
dette
105 dictée
direction
douceur
douleur
droite
110 échelle
écriture
encre
énergie
entrée
115 épaule
épine
épingle
éponge
étoile
120 étude
excursion
excuse
façade
face
125 façon
faim
farine
fatigue
faute
130 fée
femme
ficelle
fillette
flaque
135 foire
fois
force
forêt
foule
140 fourmi
fumée
fusée
garde
garniture
145 gauche
gelée
glace
gorge
goutte
150 grâce
grammaire
grand-mère
grandeur
grenouille
155 griffe
grotte
guerre
habitation
hache
160 haie
hâte
hauteur
herbe
heure
165 hirondelle
honnêteté
horloge
image
indication
170 invitation
jeunesse
justice
laine
lame
175 lampe
lance
langue
largeur
larme
180 légume
lettre
lèvre
liberté
ligne
185 locomotive
longueur
lueur
lumière
lunette
190 madame
mademoiselle
maitresse
maladie
manière
195 marchandise
marche
marguerite
matinée
mélodie
200 ménagère
merveille
misère
moitié
montagne
205 moule
mousse
moustache
multiplication
musique
210 nappe
niche
noix
note
nourriture
215 nouvelle

1. D'après Robert RIVIÈRE, *Vocabulaire de base du français écrit*, De Boeck-Wesmael et Robert PREFONTAINE, *Échelle de langage et d'acquisition orthographique*, Le Sablier.

occupation
odeur
oie
ombre
220 orange
oreille
ouverture
page
paille
225 paix
pâquerette
paresse
part
pâte
230 peau (x)
pédale
peine
pelle
pelouse
235 pelure
pensée
permission
personne
peur
240 phrase
pie
pièce
pierre
pipe
245 place
plage
plaine
planche
pluie
250 poignée
pointe
poitrine
poste
poudre
255 prière
princesse
propreté
provision
prune
260 puce
punition
question
queue
racine
265 radio
raison
rame
rapidité
raquette
270 récolte
récréation
rédaction
région
reine
275 remarque
rentrée
réponse
rive
ronde
280 roue
ruche
saison
salade
salle
285 sandale
santé
sardine
seconde
serviette
290 soif
sorte
sortie
souffrance
source
295 soustraction
sueur
suite
surface
surprise
300 taille
taxe
température
tempête
tige
305 toile
toilette
toiture
tombe
tortue
310 tournée
tristesse
troupe
truite
usine
315 vague
vapeur
vedette
veille
veste
320 victime
victoire
village
violette
vitesse
325 vitre
vitrine
voix
volonté
vue

2. DES NOMS MASCULINS (N.M.)

1 abandon
abord
abricot
accident
5 achat
acheteur (euse)
acteur(trice)
adieu
adjectif
10 âge
agent
agriculteur(trice)
air
aliment
15 ami(e)
amusement
an
âne
ange
20 angle
anneau(x)
aout
appartement
après-midi
25 arbuste
architecte (un-une)
argent
arrêt
artiste (un-une)
30 atelier
autobus
autocar
auxiliaire
aveugle (un-une)
35 aviateur (aviatrice)
avril
bain
banc
banquet
40 bassin
bateau(x)
bâtiment
bâton
bazar
45 bénéfice
berceau(x)
besoin
beurre
biberon
50 bidon
billet
biscuit
bisou
bloc
55 bocal(aux)
boeuf
bol
bonbon
bond
60 bonheur
bonhomme
bonnet
bonsoir
bord
65 bosquet
boucher(ère)
boulanger(ère)
boulevard
bouquet
70 bourgeon
bout
briquet
brouillard
bruit
75 bucheron(ne)
buisson
bulletin
cacao
cadeau(x)
80 cadre
cahier
caillou(x)
calcul
camion
85 canal(aux)
canard
canari
canif
canon
90 capitaine (un-une)
caractère
carnet
carré
cartable
95 carton
centimètre
centre
chagrin
chalet
100 chant
chanteur(euse)
chaton
chauffeur(euse)
chef
105 chêne
cheveu(x)
chevreuil
chiffon
chocolat
110 cimetière
cinéma
cirque
citron
climat
115 clocher
clochette
clou
cochon
coeur
120 coffre
coiffeur(euse)
coin
compagnon
conducteur(trice)
125 congé
conseil
conte
corbeau(x)
corps
130 corridor
cortège
costume
cou
coude
135 coup
crayon
cri
cuir
cuisinier(ère)
140 cuivre
danger
danseur(euse)
début
décembre
145 défaut
défilé
déjeuner
dentiste (un-une)
désert
150 désir
désordre
dessin
diable
dindon
155 diner
disque
doigt
domestique
domino
160 dommage
dos
drap
drapeau(x)
éclair

165 écolier(ère)
employé(e)
endroit
ensemble
épicier(ère)
170 escalier
espace
espoir
étage
étalage
175 étang
été
étudiant(e)
exercice
facteur(trice)
180 fermier(ère)
feuillage
fil
fils (fille)
fleuriste
185 fleuve
foin
fond
four
français(e)
190 frigo
fromage
fruit
fusil
gamin(e)
195 garde
gardien(ne)
gazon
général(aux)
gens (les)
200 geste
gout
gouter
grain
grenier
205 groupe
habit
habitant(e)
hiver
hôpital(aux)
210 incendie
indien(ne)
infirmier(ère)
insecte
inspecteur(trice)
215 instant
instituteur(trice)
intérieur
janvier
jeu(x)
220 joueur(euse)
journal(aux)
juge (un-une)
juillet
juin
225 laboratoire
lac
laitier(ère)
lendemain
lieu(x)
230 lièvre
lilas
linge
lion(ne)
litre
235 loup(ve)
macaroni
mai
malheur
manteau(x)
240 marché
mari
mariage
marin
marmite
245 marron
mars
marteau(x)
masque
médecin
250 melon
menteur(euse)
menuisier(ère)
merle
message
255 mètre
meuble
miel
milieu(x)
mille
260 moineau(x)
mois
moment
monsieur
monument
265 morceau(x)
mot
moteur
mouchoir
moulin
270 mousse
mouton
mouvement
moyen
muguet
275 musée
nageur(euse)
navire
nom
nombre
280 nord
novembre
noyer
numéro
octobre
285 oeil (yeux)
orage
ordre
os
ouest
290 ours(e)
outil
outillage
ouvrage
palais
295 pantalon
papier
papillon
paquet
parc
300 parent(e)
parfum
parrain
pas
passage
305 passant(e)
passé
patin
patron(ne)
pays
310 paysage
paysan(ne)
pêcheur (euse)
peigne
peuple
315 pic
pigeon
pilote (un-une)
pinson
plan
320 plat
plumier
poil
poing
point
325 poirier
pois
policier(ère)
pommier
pompier (ère)
330 pont
port
portrait
possible
pot
335 poussin
pré
présent
président(e)
prince
340 printemps
prisonnier(ère)
prix
problème
professeur (un-une)
345 prunier
public
pupitre
radeau(x)
rang
350 rat
rayon
refrain
regard
regret
355 renard(e)
repas
repos
respect
reste
360 retard
rêve
rideau(x)
rocher
rosier
365 rossignol
rouge-gorge
ruban
ruisseau(x)
sable
370 sac
salon
salut
sang
sapin
375 saut
savant(e)
savon
seau(x)
secret
380 sel
septembre
serveur(euse)
service
seuil
385 signal(aux)
signe
singe
soin
soldat(e)
390 soleil
sommet
son
souper
soupir
395 spectacle
spectateur(trice)
sucre
sud
tablier
400 talon
tapis
taxi
téléphone
témoin
405 temps
terrain
titre
tombeau(x)
train
410 travail(aux)
travers
trésor
tronc
trottoir
415 troupeau(x)
truc
vase
veau(x)
vent
420 ventre
verre
veston
vêtement
vieillard
425 visiteur(euse)
vitrail(aux)
vocabulaire
volet
voyage
430 voyageur(euse)
wagon
zèle
zéro

3. DES NOMS POUR ÉCRIRE LES NOMBRES

1 centaine (une)
centième (un)
cinquième (un)
dixième (un)
5 douzaine (une)
millier (un)
million (un
quart (un)
vingtaine (une)
10 vingtième (un)
zéro (un)

4. DES VERBES (V.)

1 abandonner
abattre
aborder
aboutir
5 abriter
accompagner
accourir
accrocher
accuser
10 acheter
admirer
adorer
agiter
aider
15 aimer
ajouter
allonger
allumer
amener
20 annoncer
appeler
appliquer
apporter
approcher
25 arracher
arranger
arrêter
arriver
arroser
30 assister
attacher
attendre
attirer
attraper
35 attribuer
avancer
avertir
avouer
baisser
40 balancer
bâtir
battre
bavarder
blanchir
45 blesser
bouger
bousculer
briller
briser
50 calculer
capturer
casser
causer
cesser
55 changer
charger
charmer
chauffer
choisir
60 commencer
composer
comprendre
compter
conduire
65 conjuguer
connaitre
consoler
constater
construire
70 contenir
corriger
coudre
couler
couter
75 couvrir
creuser
croire
croiser
croquer
80 cuire
cultiver
danser
déchirer
découvrir
85 déjeuner
délivrer
dépêcher (se...)
dépendre
déposer
90 descendre
désobéir
dessiner
détruire
dévouer (se...)
95 diner
diriger
disparaitre
disposer
distraire
100 distribuer
dominer
échapper
éclairer
éclater
105 écrire
élever
embrasser
emparer (s'...)
emporter
110 encombrer
encourager
enfiler
enfuir
enlever
115 enseigner
entendre
entourer
entrer
entretenir
120 envoler (s'...)
envoyer
espérer
étendre
étouffer
125 éveiller
éviter
excuser
explorer
exprimer
130 fabriquer
fâcher
fatiguer (se...)
fermer
fêter
135 fier (se...)
fixer
fleurir
foncer
fournir
140 frapper
frotter
fuir
fumer
gagner
145 geler
glisser
gonfler
gouter
grandir
150 grimper
gronder
grossir
guérir
habiter
155 imiter
instruire
inventer
inviter
jaunir
160 jeter
juger
laisser
lancer
lécher
165 libérer
loger
luire
manquer
marquer
170 mesurer
mettre
mordre
murir
nager
175 naitre
neiger
nommer
nourrir
noyer
180 obéir
obtenir
occuper
offrir
ordonner
185 paraitre
parcourir
pardonner
parfumer
partager
190 payer
pêcher
pendre
pénétrer
penser
195 perdre
permettre
piquer
placer
plaire
200 planter
pleuvoir
plonger
porter
poser
205 posséder
pousser
précipiter
préférer
prendre
210 présenter
presser
prier
procurer
produire
215 promettre
proposer
protéger
quitter
raconter
220 ramasser
ramener
rappeler
rapporter
recevoir
225 rechercher
réciter
recommencer
recouvrir
redouter
230 refaire
réfléchir
réjouir
remarquer
remercier
235 remettre
remonter
remplacer
remplir
remuer
240 rencontrer
rendre
renfermer
renverser
renvoyer
245 réparer
repasser
répondre
reposer (se...)
représenter
250 respecter
retenir
retirer
réunir
réussir
255 réveiller
revivre
rougir
salir
sauter
260 sauver
sécher
sembler
semer
sentir
265 servir
siffler
situer
soigner
sonner
270 souffler
souhaiter
soulever
sourire
soutenir
275 souvenir (se...)
surprendre
surveiller
tailler
tendre
280 transformer
transporter
traverser
trembler
tricoter
285 unir
valoir
vendre
verser
vêtir
290 vider
vouloir

5. DES ADJECTIFS (ADJ.)

1 actif (ve)
affreux (euse)
agile
agréable
5 amical(e) - amicaux
amusant(e)
ancien(ne)
ardent(e)
aveugle
10 bavard(e)
beau(x) (belle)
belge
blessé(e)
blond(e)
15 bon(ne)
brave
brillant(e)
brulant(e)
brutal(e)
20 cassé(e)
charitable
charmant(e)
chaud(e)
clair(e)
25 courageux(euse)
court(e)
creux(se)
curieux(se)
dangereux(euse)
30 désagréable
délicieux(euse)
désert(e)
deuxième
différent(e)
35 dixième
doux(ce)
droit(e)
dur(e)
égal(e)-égaux
40 électrique
entier (ère)
épais(se)
étouffant(e)
étroit(e)
45 facile
favorable
fidèle
fier(ère)
fixe
50 fou(folle)
frais (fraiche)
franc (franche)
frileux(euse)
froid(e)
55 gai(e)
géant(e)
généreux(euse)
gentil(le)
gras(se)
60 grave
gris(e)
heureux(euse)
honnête
huitième
65 humide
immense
immobile
important(e)
inégal(e)
70 inquiet(ète)
joyeux (euse)
juste
juteux(euse)
lâche
75 laid(e)
léger (ère)
libre
long(ue)
lourd(e)
80 luisant(e)
lumineux (euse)
magnifique
mauvais(e)
mauve
85 méchant(e)
meilleur(e)
mélodieux(euse)
mignon(ne)
mort(e)
90 mortel(le)
mûr (mûre)
neuf (ve)
normal(e) - normaux
nu(e)
95 nul(le)
obéissant(e)
pâle
paresseux (euse)
plat(e)
100 plein(e)
pointu(e)
populaire
possible
précieux (euse)
105 primaire
prochain(e)
profond(e)
prudent(e)
public (que)
110 pur(e)
rapide
rare
respectueux (euse)
riche
115 sale
savant(e)
savoureux (euse)
scolaire
secret (ète)
120 seul(e)
simple
solide
sombre
sot(te)
125 spécial(e)-spéciaux
suivant(e)
superbe
supérieur(e)
tendre
130 terrible
timide
troisième
utile
vague
135 vaste
vide
vieux(vieille)
vif(ve)
vilain(e)
140 vingtième
violet(te)
visible

6. DES MOTS INVARIABLES (INV.)

1 à
à peine
afin
ah!
5 après
attentivement
au revoir
auprès
auprès de
10 aussi
autant
avant
avec
beaucoup
15 bien
car
ceci
cependant
chez
20 combien (?)
comme
comment (?)
contre
de
25 debout
dedans
déjà
demain
depuis
30 derrière
dessus
deuxièmement
dommage
donc
35 dont
doucement
durant
également
eh!
40 en
encore
enfin
ensemble
ensuite
45 entre
envers
environ
et
facilement
50 fièrement
hélas
heureusement
hier
ici
55 jamais
joyeusement
jusque
là
légèrement
60 lentement
loin
lorsque
mais
mal
65 malgré
même
merci
mieux
mille
70 moins
ni
non
oh!
ou
75 où (?)
oui
par
parce que
parmi
80 partout
pas
pendant
peu
peut-être
85 plus
plusieurs
pour
pourtant
près
90 près de
presque
puis
puisque
quand (?)
95 que (?)
qui (?)
rien
sans
si
100 sous
sur
tard
tôt
toujours
105 un peu de
vers
voici
voilà

Table des textes